Vorwort

Diese Geschichte basiert auf reiner Phantasie. Jede Ähnlichkeit mit lebenden oder verstorbenen Personen wäre ungewollt und purer Zufall.

Alle Namen wurden frei erfunden. So existiert in Zürich weder eine Polizeiorganisation unter dem Namen „Zürcher Polizei" noch gibt es dort eine Abteilung mit der Bezeichnung „Mordkommission".

Der Autor arbeitete selbst fast vierzig Jahre bei der Polizei und befasste sich in den letzten 15 Jahren hauptsächlich mit Mordfällen und Gewaltdelikten.

Wellen am ruhigen Seeufer

Ein Zürcher Kriminalroman

von Peter J. Hoff

Herstellung und Verlag:
BoD - Books on Demand, Norderstedt
ISBN 978-3-8370-3709-8

Aus der Serie

Zürich, im Licht der Dunkelheit

Band 2

Der Herbst hatte sich noch einmal von seiner besten Seite gezeigt an diesem letzten Oktobersonntag. Nun färbte sich die Sonne langsam immer röter und begann ihren Sinkflug hinter dem Kamm des Uetliberges. Wie ein schwarzer Scherenschnitt stachen der Aussichtsturm und die zu oberst stehenden Bäume aus dem blau/roten Hintergrund hervor.

Ueli Moser tuckerte mit seinem kleinen Motorboot dem Ufer entlang, auf dem Weg zu seinem Bootshäuschen das sich wenige Kilometer vom Stadtrand, am Zürichsee befand. Es war eine Art Pfahlbauerhaus. Mit dem Boot konnte er direkt in die Bootsgarage, unter seinem auf Pfählen gebauten Häuschen fahren und von dort in den oberen Stock gelangen, den er liebevoll zu einem gemütlichen Wochenendhäuschen ausgebaut hatte.

Im vorderen Teil des Schiffchens lag auf einem Polster sein ganzer Stolz, sein kaum ein Jahr alter Sohn Denis. Seine hübsche Frau Anita spielte mit ihm und alle schienen zufrieden.

Als Chef der Kreditabteilung der Privatbank Unger hätte sich Ueli Moser längst ein grösseres und komfortableres Boot leisten können, doch war das alte Holzboot eine

Erbschaft seines Vaters die er ihm bei seinem Tod vor bald vier Jahren mitsamt dem Bootshäuschen vermacht hatte. Ueli Moser hing sehr an diesem Boot und pflegte und hätschelte es sodass es sich immer in tadellosen Zustand zeigte. „Das ist noch alte Bootsbauerkunst" pflegte er zu sagen. „Die heutigen gegossenen Kunststoffschalen die nur noch ausgepolstert werden müssen, das sind doch keine richtigen Boote mehr".

Ueli Moser genoss jede Stunde die er mit seiner jungen Familie am oder auf dem Wasser verbringen konnte. Oftmals begab er sich auch nach einem harten Arbeitstag ganz alleine an den See und konnte dort ausspannen wie nirgends sonst.

*

Reto Halder fühlte sich so gut wie selten zuvor. Seine kleine Computerfirma die er aufgebaut hatte lief zwar eher schlecht denn recht, doch das sollte sich nun ändern. Zusammen mit seinen drei Angestellten war es ihm gelungen einen wichtigen Auftrag an Land zu ziehen. Er hatte den Zuschlag bekommen, eine grosse Lebensmittel-Verteilerfirma im Umkreis von Zürich mit einer komplett neuen Hard- und Software auszurüsten und ein Netzwerk zu erstellen. Dieser Auftrag würde ihn mit einem Schlag aller finanziellen Sorgen entledigen. Möglicherweise musste er sogar noch einen oder zwei zusätzliche Angestellte einstellen. Endlich ging es aufwärts. Bis anhin konnte er sich gerade so über Wasser halten und oftmals stand er kurz vor dem Ruin. Ein kleiner Kredit von ca. 50'000 Franken brauchte er zwar noch, damit er sich alle nötigen Gerätschaften anschaffen konnte, doch diese Hürde dürfte angesichts des bevorstehenden Grossauftrages kein Hindernis sein. Kopien des Vertrages hatte er seiner Hausbank bereits geliefert und morgen Montag, wurde er um 09:00 Uhr in der Bank erwartet um die Kreditpapiere zu unterschreiben. Er war ganz aufgeregt. Noch nie war ihm ein so grosser Auftrag zugeflossen und am vergangenen Freitag hatte er bereits mit seinen Arbeitsnehmern mit einem Glas Champagner auf den Zuschlag angestossen. Zwar hatte er nur drei Angestellte, aber es waren sehr gute und zuverlässige Leute. Jeder arbeitete so, als ob die Firma sein Eigen wäre. Reto Halder war stolz auf seine Angestellten und das gab er ihnen auch zu verstehen.

*

Der letzte Montag des Monats Oktober war angebrochen. Ich wälzte mich aus den Federn und begab mich unter die Dusche. Das kalte Wasser spülte die zurück gebliebenen Schlafreste aus meinen Adern und ich fühlte mich total fit und unternehmenslustig.

Als ich die Jalousien der Fenster meiner Dreizimmerwohnung öffnete, empfing mich der Tag in trübem Grau. Es war neblig so dass man kaum 100 Meter weit sehen konnte, obwohl sich meine Junggesellenwohnung im obersten Stockwerk eines zwölfstöckigen Hochhauses befand. Normalerweise genoss ich von hier oben eine tolle Aussicht auf die Vororte und die Stadt Zürich. Ich glaubte der Wettervorhersage nicht, die versprochen hatte, dass die Sonne sich bis am Mittag durch den Nebel brennen würde.

Trotzdem musste ich zur Arbeit. Ich wusste nicht was mich ab heute erwarten würde. Mein langjähriger Chef, Beat Koch, hatte am vergangenen Freitag seinen letzten Arbeitstag. Er konnte nun seine verdiente Rente in Ruhe geniessen. Am Freitag hatte er uns zu seinem Abschied noch zum Mittagessen eingeladen und wir konnten ihn dabei in Würde verabschieden. Er war immer ein sehr guter, menschlicher und korrekter Chef. Er war aber auch fachlich absolut unantastbar und seine Entscheidungen erwiesen sich ausnahmslos als richtig. Beat Koch hat seine Karriere als Streifenpolizist angefangen und sich stets nach oben gearbeitet, bis er vor sieben Jahren zum Chef der Mordkommission ernannt worden war. Wir liessen ihn ungern gehen, zumal niemand von uns seinen Nachfolger kannte. Das einzige was wir von ihm wussten war sein Name. Er hiess Walter Anders und er war Jurist. Ein sogenannter „Seiteneinsteiger". So nennt man im Polizeijargon die Leute die nicht über die Polizeischule ihre Laufbahn im Korps einschlagen, sondern mit einem Universitätsabschluss direkt in einer leitenden Funktion eingestellt werden.

Ich lenkte meine schwere BMW Tourenmaschine über die Emil Klöti Strasse, am Waidspital vorbei, in Richtung Kreis 4, oder Kreis „Cheib" wie er im Volksmund genannt wird, wo sich mein Arbeitsplatz befindet. Normalerweise geniesst man auf dieser Strecke einen unvergesslichen Ausblick über die ganze Stadt und den Zürichsee mit den Glarner Alpen im Hintergrund. Heute allerdings hing tiefer und dicker Nebel über der Stadt, sodass man nur gerade die obersten Stockwerke des Prime- und des Mobimo Towers aus dem Nebel ragen sah, der Rest der Stadt war eine einzige, graue, undurchsichtige Suppe. Ich fragte mich, wie sich der neue Chef wohl einleben würde. Es war mir klar, er würde es sehr schwer haben, das Niveau seines Vorgängers nur annähernd zu erreichen. Trotzdem beschloss ich, ihm unvoreingenommen zu begegnen und erst mal abzuwarten wie er sich einführen würde.

Eine erste Kostprobe sollte ich schon bald bekommen. Im Anschluss an den täglichen Frührapport ergriff Walter Anders das Wort. „Geschätzte Mitarbeiter; ich weiss, dass ihr bisher gute Arbeit geleistet habt und ich hoffe, dass dies auch in Zukunft so sein wird. Allerdings werden wir einige Sachen ändern was den täglichen Arbeitsablauf betrifft. Ihr habt unter meinem Vorgänger sehr selbstständig gearbeitet. Ich bin ein Gegner dieser Arbeitsweise. Ich will immer informiert sein über alle eure Schritte. Es werden keine Entscheide getroffen die nicht zuvor mit mir abgesprochen wurden. Wir müssen schliesslich sicher sein, dass keine Fehlentscheide, welche einer juristischen Prüfung nicht standhalten würden, gefällt werden. Gibt's dazu noch Fragen?"

Ich konnte mir eine Antwort nicht verkneifen und versuchte dem neuen Chef zu erklären dass seine Arbeitsvorstellung nicht realisierbar sei. „Entschuldigen sie, aber ich habe da so meine Bedenken" äusserte ich mich. „Unsere Arbeit spielt sich zur Hälfte draussen ab und da ist es absolut von Nöten, kurzfristig Entscheide zu treffen die keinen Aufschub dulden. Wir werden also auch in Zukunft eigene Entscheidungen treffen müssen ohne dass wir die Möglichkeit hatten, zuvor mit ihnen darüber zu sprechen."

„Das mag in ganz seltenen Fällen vorkommen, doch seid ihr alle im Besitze von Mobiltelefonen und solche Entscheidungen können immer telefonisch mit mir abgesprochen werden. Habe ich mich klar ausgedrückt?"

Niemand wiedersprach ihm, doch sah man den betroffenen Gesichtern an, was sie von dieser Schnapsidee hielten.

*

„Spinnt der?" waren die ersten Worte von Alain Bayard, als ich zusammen mit meinem Partner unser gemeinsames Büro betrat.

„Weisst du Alain", beruhigte ich meinen jungen Kollegen. „Neue Besen kehren gut und die Suppe wird selten so heiss gegessen wie sie gekocht wird. Jeder neue Chef versucht Akzente zu setzen und wenn er fachlich noch nicht auf der Höhe ist, dann sowieso. Es ist eindeutig, dass dieser Walter Anders bis anhin noch nie polizeiliche Arbeit geleistet hat und sich nun zuerst einarbeiten muss. Damit ihm dies möglichst schnell gelingt, versucht er so viele Fallbeispiele aus der Praxis aufzufangen wie möglich. Wie sollte ihm das besser gelingen als wenn er sich in jeden Fall einbinden lässt als Ansprechpartner? So gesehen sind es keine Fragen die wir ihm stellen, sondern es ist eine Art Weiterbildung für ihn, wenn wir ihm alle unsere Entscheidungen mitteilen. Nimm es nicht so tragisch, es wird schon irgendwie weiter gehen." Tröstete ich meinen jungen Walliser Kollegen.

*

Reto Halder hatte sich in seinen schönsten Anzug gezwängt, der ihm langsam aber sicher zu eng wurde. Dazu hatte er einen farblich passenden Schlips hervorgeholt. In seinem weissen Hemd dessen Kragenspitzen leicht nach oben zeigten, sah er aus wie ein verspäteter Konfirmand.
Entgegen seiner Gewohnheit hatte er sich ein Paket Zigaretten besorgt und rauchte einen

dieser Glimmstängel, obwohl er schon vor beinahe 10 Jahren das Rauchen aufgegeben hatte. Er war zu früh vor der Bank am Bleicherweg eingetroffen und wartete ungeduldig, in seinem in die Jahre gekommenen Opel Astra, bis wenige Minuten vor neun. Mit seinen frisch polierten Schuhen, zerdrückte er die angerauchte Zigarette auf dem Gehsteig, bevor er die Bank betrat.

Noch war niemand in der Eingangshalle, sodass er sich direkt am Schalter melden konnte.

„Mein Name ist Halder. Ich bin mit Herrn Moser verabredet". Meldete er sich auf Frage der hübschen Kundenberaterin am Schalter. Diese griff zum Telefonhörer hinter ihr und sprach wenige Worte in die Sprechmuschel, die er wegen der Trennscheibe jedoch nicht verstehen konnte.

„Nehmen sie doch bitte Platz, Herr Moser kommt sofort" erklärte sie ihm als sie den Hörer wieder aufgelegt hatte.

Es war ihm absolut nicht ums Sitzen. Zu nervös war er. Er wollte den Kreditabschluss so schnell wie möglich hinter sich bringen um dann endlich den Grossauftrag anzupacken. Unruhig ging er in der Schalterhalle auf und ab. Endlich, nach beinahe einer Viertelstunde öffnete sich die Seitentür zum Schalterraum und Ueli Moser trat in die Halle.

„Kommen sie doch rauf in mein Büro" begrüsste er den Wartenden und hielt ihm die Tür auf.

Im Büro des Kreditchef angekommen, bat Ueli Moser den nervös wirkenden Reto Halder, ihm gegenüber Platz zu nehmen. Das Büro war mit einem Teppich der oberen Preisklasse ausgestattet und auch die Ölgemälde an den Wänden stellten wohl jedes einzelne einem Wert dar, der die Höhe des beantragten Kredites überstieg.

Ueli Moser hatte das Dossier, welches Reto Halder letzte Woche der Bank zugeschickt hatte, vor sich auf dem Tisch liegen.

„Ich habe mir die Offerte angesehen. Es scheint sich, falls dieses Geschäft jemals Wirklichkeit werden sollte, tatsächlich um einen guten Auftrag zu handeln."

„Diese Meinung teile ich mit ihnen. Einen sehr guten sogar." sagte der Computer Unternehmer nicht ohne Stolz.

„Allerdings habe ich mir auch ihre persönlichen Vermögenswerte angesehen und festgestellt, dass wir bereits am obersten Rand des Kreditrahmens angelangt sind und somit kein weiterer Kreditzuschuss mehr ausgesprochen werden kann. Es sei denn, sie hätten noch weitere Sicherheiten anzubieten. Es tut mir leid, dass ich ihnen keinen besseren Bescheid geben kann. Ich bin meinen Vorgesetzten gegenüber verpflichtet und wir haben bestimmte Rahmenbedingungen in welchen wir uns bewegen können. Dieser Rahmen ist in ihrem Fall bereits mehr als ausgeschöpft. Sowohl mein Vorgänger als auch ich, haben es bisher sehr gut mit ihnen gemeint, Herr Halder. Mehr liegt einfach nicht drin. Oder können sie irgendwelche neuen Sicherheiten präsentieren?"

„Ist denn dieser Auftrag nicht Sicherheit genug?" fragte er ungläubig und versuchte ruhig zu bleiben. Es war wie ein Hammerschlag der ihn mitten auf den Kopf getroffen hatte. Er war sich so sicher, diesen Kredit zu bekommen und den Auftrag übernehmen zu können. Keinen einzigen Gedanken hatte er bisher dafür verschwendet, dass er diese Starthilfe möglicherweise nicht bekommen könnte. Nun schienen seine ganzen Zukunftspläne wie ein Kartenhaus in sich zusammen zu brechen.

„Ich kann mit der Annahme dieses Auftrages mit einem Schlag alle meine bisherigen Kreditschulden zurückzahlen und werde sogar noch genügend Rückstellungen machen können um in Zukunft nicht mehr auf irgendwelche Kredite angewiesen zu sein."

„Tut mir leid" sagte der Kreditchef noch einmal und ihm war anzusehen, dass er nicht mit sich reden lassen würde. „Ich habe ihnen schon gesagt, dass ich mich an gewisse Regeln halten muss."

„Was sind für ihre Bank schon 50'000 Franken, das sind doch Peanuts" ereiferte sich der Programmierer der immer ungehaltener und lauter wurde. „Ich habe drei Angestellte, die alle Frau und Kinder haben. Diese stehen auf der Strasse wenn sie mir nicht helfen. Wollen sie das verantworten?". Seine Nerven fuhren Achterbahn. Er konnte sich nicht mehr beherrschen. Dieser Kredithai war ihm noch nie wirklich sympathisch gewesen. Jetzt hätte er ihn auf der Stelle umbringen können. Der eingebildete Kotzbrocken war doch tatsächlich drauf und dran, seine ganze Existenz zu vernichten die eben erst am Aufblühen war.

„Ich denke, es ist alles gesagt, ich kann nichts mehr für sie tun. Es tut mir leid. Wenn sie neue Sicherheiten vorweisen können, dürfen sie gerne wieder bei uns vorbei schauen. Momentan ist leider nichts zu machen. Auf Wiedersehen Herr Halder" sagte Ueli Moser, stand auf und öffnete demonstrativ die Bürotür um den aufgebrachten Reto Halder zu verabschieden.

Das war zuviel für den arbeitsamen Unternehmer. Er packte den Banker und riss ihn zu Boden. Er stürzte sich auf ihn. Auf seinem Brustkorb sitzend, schlug er ihm die Faust mitten ins Gesicht. Die weissen Wände wurden mit roten Tupfen übersäht, durch das aus seiner Nase spritzende Blut.

„Du,…du… verdammter aufgeblasener Mistkerl. Ich werde dich umbringen das garantiere ich dir!" schrie der aufgebrachte Antragsteller. Aus allen andern Büros kamen schreiende Mitarbeiter gerannt und hielten den tobenden an den Armen fest. Einer schrie: „Ruft endlich die Polizei!" Gemeinsam gelang es drei Bankangestellten den ausrastenden Mann auf dem Boden zu fixieren und seine Arme fest zu halten bis zum Eintreffen der Polizei.

*

Es dauerte nur wenige Minuten bis zwei junge Beamte in der Schalterhalle der Bank meldeten. Sofort wurden sie in den ersten Stock geführt wo Reto Halder noch immer am Boden vor der Bürotür des Kreditchefs lag. Er hatte die Arme seitlich ausgebreitet und auf jedem dieser Arme kniete ein Bankangestellter. Diese waren sichtlich erleichtert, als die Polizisten eintrafen und den rabiaten Kreditnehmer in Handfesseln legten. Ueli Moser sass auf einem Stuhl in seinem Büro und hielt sich ein blutverschmiertes Taschentuch unter seine, zur Grösse einer durchschnittlichen Kartoffel angeschwollene und noch immer tropfende Nase.

Der Angreifer wurde von einem der Polizisten zum Streifenwagen geführt während der andere noch mit dem Verletzten sprach. Seitens der Bank wurde gegen Reto Halder ein Hausverbot erlassen und Ueli Moser stellte Strafantrag wegen Körperverletzung, gegen seinen Angreifer.

Die Polizisten führten den rabiaten Schläger zur Polizeistation. Dort angekommen, hatte er sich soweit beruhigt, dass er problemlos ins Verhör genommen werden konnte. Zwar glimmte innerlich in ihm noch immer die Wut auf den sturen Banker, doch liess er die Beamten möglichst wenig davon merken. Er entschuldigte sich sogar für seine Tat und erklärte, dass ihn einfach ein Wutanfall übermannt habe und er nicht mehr sich selber gewesen sei in diesem Moment. „Sie können mir glauben, ich bin ein absolut friedliebender

Mensch. Noch nie in meinem Leben habe ich jemanden tätlich angegriffen. Können sie mich verstehen? Setzen sie sich doch einmal in meine Lage. Ich leite ein KMU mit drei Angestellten. Jetzt haben wir einen Auftrag bekommen um den sich viele Grossunternehmen reissen würden. Es ist uns gelungen, alle auszustechen und den Zuschlag zu bekommen. Zur Verwirklichung fehlen lediglich 50'000 Franken Bargeld um den Auftrag zu starten. Wegen dieses, für eine Bank lächerlichen Betrages, scheitert die Existenz meines Unternehmens. Nur weil mir dieser Mann den Kredit verweigert." Reto Halder merkte, wie er sich wieder erneut ereiferte und sah ein, dass es wohl besser ist in seiner Situation, möglichst wenig Emotionen der Polizei gegenüber zu zeigen, sonst würden sie ihn möglicherweise wegen der Wiederholungsgefahr einsperren. So gab er sich angestrengt gelassen während des Verhörs. Aus diesem Grund konnte er im Anschluss daran und nach Rücksprache mit dem zuständigen Staatsanwalt wieder entlassen werden. Allerdings wurde er mit einem zweiwöchigen Rayon Verbot belegt. Das heisst, während zwei Wochen durfte er sich nicht näher als 200 Meter der Bank nähern, sonst müsste er mit einer Inhaftierung rechnen. Für eine sofortige Haft lagen nicht genügend Gründe vor. Weder bestand Flucht- noch Verdunkelungsgefahr. Für die Polizei und die Staatsanwaltschaft war klar, der ganze Vorfall basierte auf einem emotional bedingten Ausraster. Noch nie hatte Reto Halder zuvor mit der Polizei zu tun gehabt. Er war ein äusserst korrekter und anständiger Bürger. Heute Vormittag waren ihm sichtlich die Sicherungen durchgebrannt. So wurde Reto Halder bis zu seinem Gerichtstermin, anlässlich dessen er sich wegen Körperverletzung wird verantworten müssen, auf freien Fuss gesetzt.

*

Für einmal ging ein eher ruhiger Tag langsam zu Ende. Einzig unser neuer Chef bereitete mir ein wenig Kopfzerbrechen. Ich weiss, jeder Chef versucht von Anfang an Zeichen zu setzen. Wenn sich dieser aber weniger gut in der Materie auskennt als alle seine Mitarbeiter, dann ist das das Eine. Wenn er aber dazu nicht stehen kann und seine fachliche Unkenntnis vertuschen will indem er die Untergebenen schikaniert, dann habe ich damit ein Problem. Anstatt einfach zu sagen, ich möchte mit Euch zusammen ein starkes Team sein. Ich weiss, dass ihr alle Euren Job aus dem FF kennt und ich ein Anfänger in dieser Materie bin. Zwar habe ich Jura studiert und kann Euch möglicherweise da und dort im juristischen Alltag Tipps geben. Was die Arbeit an sich betrifft, da weiss ich, dass Ihr mir überlegen seid. Arbeiten wir einfach alle Hand in Hand, dann kommt es gut. So oder ähnlich stellte ich mir die Antrittsrede vor. Mit dem Eingeständnis, weniger zu wissen als seine Untergebenen wäre er nicht verachtet worden, sondern in der Achtung gestiegen. So machte er sich von Anfang an unbeliebt. Dass wir so einen eingebildeten und überheblichen Chef bekommen würden, hatte sich in unserer Gruppe wohl niemand gewünscht. Ich konnte nur hoffen, dass er sich mit der Zeit ändern würde, sonst müsste ich wohl die Stelle wechseln, auch wenn ich meinen Job wirklich gerne mache und ihn als einen der spannendsten Jobs überhaupt beurteile. So brütete ich über die neue Situation nach, als mich mein Telefon in die Wirklichkeit zurückholte.

„Hallo Schatz" tönte es aus der Muschel und das war Balsam für meine Seele.

„Hallo Karin" entgegnete ich. „Schön, dass Du mich anrufst. Gerade kamen ein wenig dunkle Gedanken in meinem Kopf auf und Du bringst es einmal mehr fertig, mich unweigerlich in die schöne Realität zurück zu holen."

„Was für schlechte Gedanken haben sich den in Deinem Kopf ausgebreitet?" Fragte mich meine Freundin besorgt.

„Ach weisst Du, ich glaube ich erzähle dir das heute Abend. Wollen wir uns nicht zu einem kleinen Nachtessen treffen? Sollen wir zum Italiener gehen oder möchtest Du, dass ich etwas für uns koche?" fragte ich Sie.

„Du weisst, dass ich Deine Kochkünste über alles schätze und kaum nein sagen kann. Ich möchte aber nicht, dass Du Dir noch so viel Arbeit auferlegst. Lass uns doch irgendwohin gehen und eine Kleinigkeit essen."

Aus Ihrem Tonfall merkte ich, dass Sie zwar lieber bei mir zuhause etwas essen würde. Andererseits wollte Sie mir aber keine zusätzliche Arbeit aufhalsen.

„OK", sagte ich deshalb, „um halb sieben Uhr bei mir"

„Sehr gut, ich freue mich". Daraufhin beendeten wir unser Gespräch und ich machte mir Gedanken, was ich ohne grosse Vorbereitung wohl kochen könnte. Dank dieser

Aufgabe konnte ich die Gedanken an unsere unglückliche Situation ein wenig vertreiben.

Kurz vor 17.00 Uhr verabschiedete ich mich von Alain und verliess unser gemeinsames Büro. Auf der Fahrt nach Hause hielt ich bei einem Supermarkt an und kaufte mir einige Rindsfiletspitzen, eine Peperoni und ein paar Champignons. Die restlichen Zutaten, wie Gewürzgurken Petersilie etc. hatte ich noch zuhause. Ich beabsichtigte, ein Filet Stroganoff zu kochen, das braucht keine lange Kochzeit, sodass wir miteinander den Abend würden geniessen können. Dazu breite Bandnudeln, mit einem Würfel Bouillon gekocht und nicht nur im Salzwasser, macht aus gewöhnlichen Teigwaren, feine Nudeln und rundet das ganze Essen ab.

Eine Portion Räucherlachs musste als Lachstartar für die Vorspeise herhalten und Toastbrot sollte ich auch noch im Vorrat haben.

So war der Einkauf schnell erledigt und zuhause angekommen, machte ich mich an die „Mise en Place", damit ich möglichst wenig Zeit in der Küche verbringen musste, wenn Karin hier war.

Eine feine Flasche Tempranillo öffnete ich schon einmal, damit die dazukommende Luft das ganze Aroma entfalten konnte.

Pünktlich zur abgemachten Zeit, läutete die Hausglocke und Karin stand vor der Tür.

„Hallo Schatz, komm herein. Dein Anblick entschädigt mich für den heute erlebten Frust."

In kurzen Worten schilderte ich Ihr das Verhalten unseres neuen Vorgesetzten. Danach beendeten wir das Geschäftliche und widmeten uns dem leiblichen Wohl.

Karin ist eine bemerkenswerte Frau. Sie bringt unglaublich viel Verständnis auf für mich und meinen Beruf. Es ist nicht einfach, die Partnerin eines Kriminalbeamten zu sein, schon gar nicht, wenn dieser der Mordkommission angehört. Die unregelmässige Arbeitszeit und die vielen Überstunden machen ein Zusammenleben sehr schwer. Unzählige Male musste ich ihr kurzfristig absagen, obwohl wir fest abgemacht hatten. Wenn eine Viertelstunde vor Feierabend ein Tötungsdelikt oder ein anderes schweres Verbrechen mit Verletzten gemeldet wird, dann geht der Beruf halt dem ganzen Privatleben vor. Dann kann es sogar vorkommen, dass ich mehr als 24 Stunden im Dauereinsatz stehe und das ist nicht jedermanns Sache. Daran sind schon sehr viele Ehen gescheitert. Karin bringt aber so viel Verständnis auf, dass ich mich frage, woher sie die Gelassenheit nimmt und es ihr gelingt, ihr Privatleben immer wieder in den Hintergrund zu stellen. Gerade, als ich vor ca. einem Jahr mal einen grossen Pädophilen Ring aufdecken konnte und hohe Persönlichkeiten zur Anklage brachte, wurde ich deswegen sogar vom Dienst suspendiert. Karin aber vertraute mir vollkommen und hielt immer zu mir. (Siehe Band Nr. 1 „Das andere Gesicht") Ich bewundere Sie dafür und geniesse deshalb auch jede Minute, die wir zusammen verbringen können.

*

Mit heftigem Westwind und starkem Regenfall zeigte sich der folgende Morgen von seiner schlechtesten Seite. Jutta Meier war trotzdem gezwungen, mit ihrem deutschen Schäferhund die morgendliche Runde zu drehen. Sie begab sich wie immer zum Seeufer, wo sie den Hund frei laufen lassen konnte. Ihre Hände steckten in den Aussentaschen ihrer Regenjacke und die Kapuze hatte sie tief in die Stirn gezogen. Sie musste sich nicht um ihren Hund kümmern, denn dieser trieb sich erfahrungsgemäss immer in wenigen Metern Abstand von ihr herum. Mal schnupperte er da und dort und verweilte einen Moment, dann rannte er wieder an ihr vorbei um weiter vorne erneut am Wegrand zu schnuppern. Ab und zu begab er sich auch in das seichte Wasser am Seeufer.

Die Augen gegen den nassen Boden gerichtet, möglichst den grossen Pfützen ausweichend, ging Jutta Meier zügigen Schrittes vorwärts. Sie war ganz in Gedanken versunken, denn sie hatte sich gestern Abend wegen einer Kleinigkeit mit ihrem Mann gestritten und dieser ging heute früh zur Arbeit, ohne sich wie üblich, mit einem Kuss von ihr zu verabschieden. Sie machte sich selbst Vorwürfe, dass sie gestern so empfindlich reagiert hatte, als ihr Mann seine Hose einfach auf das Bett warf, anstatt diese an einen Bügel zu hängen. Sie war es schliesslich, die seine Kleider immer wieder aufbügeln musste. Das eine Wort ergab das andere und der Abend endete in einem ziemlich heftigen, verbalen Streit.

Ohne auf die Umgebung zu schauen, näherte sie sich dem kleinen Bootshäuschen mit den schmucken, karierten Vorhängen. Selbst wenn sie ihren Blick hinauf gerichtet hätte, die

Vorhänge wären heute nicht zu sehen gewesen, denn alle Fensterläden waren geschlossen. Ihr Hund, Ricco, war schon bei der Hütte angelangt und stand mit allen vier Pfoten im Wasser. Es kam öfter mal vor, dass der Hund einen toten Fisch oder eine verendete Ente fand. Er war aber sehr gut erzogen und Jutta Meier hatte ihm von ganz klein an beigebracht, keine Tierkadaver zu fressen. Der Hund bellte kurz, als Jutta vorbei marschierte. Obwohl dieses Benehmen für Ricco unüblich war, schenkte sie ihm keine grosse Aufmerksamkeit. Zu tief war sie in ihren Gedanken versunken. Sie war schon beinahe 100 Meter weiter, als sie sich doch einmal nach ihrem Vierbeiner umsah. Er stand, ganz entgegen seiner Art, noch immer beim Häuschen, im Wasser. Nun rief sie den Hund zu sich, doch dieser schaute nur kurz zu ihr und blieb wie angewurzelt stehen. Ein kurzes Bellen war die einzige Reaktion auf ihre Rufe. Das war nun wirklich aussergewöhnlich. Erstens, blieb der Hund nie so lange stehen und zweitens, wenn sie ihm einmal rief, dann kam er unverzüglich auf Sie zugerannt. Davon liess er sich durch nichts ablenken. Heute jedoch, zeigten auch ihre wiederholten Rufe, keine Reaktion. Jeden Ruf quittierte der Hund mit kurzem Bellen. Jutta Meier blieb nichts anderes übrig, als zum Hund zurück zu kehren. Sie sah von weitem, dass im seichten Wasser vor dem Hund irgendetwas im Wasser lag und von den kleinen Wellen umspült wurde. Als Sie näher kam, gefror ihr förmlich das Blut in den Adern. Im Wasser lag, in Bauchlage, mit leicht ausgebreiteten Armen, eine männliche Leiche. Obwohl sie in ihrem Leben noch nicht viele Leichen gesehen hatte, bestand für sie kein Zweifel, dass der Mann tot war. Es brauchte keinen Fachmann um festzustellen, dass sein Schädel am Hinterkopf total eingeschlagen war. Dieser fürchterliche Anblick liess sie erschaudern und saures Wasser lief ihr im Mund zusammen. Sie musste sich unweigerlich am Wegrand übergeben.

*

Alain Bayard war damit beschäftigt, aufgrund von Tatortfotos, einen möglichst genauen Situationsbericht, über einen kürzlich verübten Tötungsversuch zu schreiben und ich meinerseits bereitete für die Staatsanwaltschaft eine Tatrekonstruktion vor, als unsere Bürotür geöffnet wurde. Im Türrahmen erschien unser neuer Chef, Walter

Anders. Er war sichtlich aufgeregt und erklärte uns, dass die Seepolizei am Zürichsee, im Grenzgebiet zwischen den Gemeinden Kilchberg und Rüschlikon eine Leiche aus dem Wasser gezogen habe. Aufgrund der Kopfverletzungen, müsse man von einem Tötungsdelikt ausgehen. Man merkte Walter Anders an, dass dies sein erster Fall als Mordkommissionsleiter war. Er wirkte sehr unsicher und gab uns alle möglichen brauchbaren und unnützen Ratschläge mit auf den Weg, als er uns ans Seeufer schickte.

„Ich erwarte von Euch eine sofortige und möglichst genaue Rückmeldung über eure Eindrücke vor Ort. Denkt daran, bevor ihr irgendetwas unternehmt, will ich informiert werden. Ich wiederhole noch einmal was ich gestern Morgen schon angedeutet habe: Ich schätze keine Alleingänge und Entscheidungen werden nur in Absprache mit mir gefällt."

Während Alain und ich unsere Regenbekleidung aus dem Garderobenschrank nahmen, liessen wir ihn plaudern, derweil wir unsere Mappen mit den benötigten Utensilien ergriffen und uns aufs Ausrücken vorbereiteten.

„Ich werde mich melden" sagte ich ihm. In Gedanken führte ich den Satz zwar noch weiter

„...spätestens wenn vor Ort alles in die Wege geleitet ist." Daraufhin verliessen Alain und ich das Büro und wir machten uns auf den Weg durch die verregnete Stadt. Über die, mit Fahrverbot belegte Militärbrücke fuhren wir zur Gessner Allee um von dort via Sihlporte und Talstrasse an den See zu gelangen. Der Berufsverkehr hatte schon eingesetzt und nur dank Blaulicht und Sirene gelang es uns, innert nützlicher Frist den Tatort zu erreichen.

*

Der leblose Körper war aus dem Wasser gezogen worden und lag nun am Seeufer. Ein Leichenzelt war über ihm aufgestellt und schützte ihn so vor den neugierigen Blicken der Passanten, die mit fortschreitender Tageszeit immer zahlreicher wurden. Der Gerichtsmediziner, Dr. Peter Straumann machte eine erste Leichenschau vor Ort.
„Der Mann ist mit äusserst brutaler Gewalt mit einem unbekannten Gegenstand von hinten niedergeschlagen worden." Mit diesen Worten begrüsste uns der Rechtsmediziner. Dabei wies er auf das mandarinengrosse, offene Loch, welches am Hinterkopf der Leiche klaffte.
War der Mann schon tot, als er ins Wasser geworfen wurde?" fragte ich den Mediziner.

„Ich gehe davon aus. Mit dieser Verletzung hatte er keine Sekunde Überlebenszeit und ich glaube kaum, dass ihm diese Verletzung im Wasser zugefügt wurde. Sicher kann ich es aber erst nach der Obduktion sagen, wenn ich sehe, ob er noch Wasser aspiriert hat."

„Besteht die Möglichkeit, dass er rückwärts auf einen Stein aufgeschlagen ist und es sich um einen Unfall handelt?" wollte ich weiter wissen.

„Das ist sehr unwahrscheinlich. Für eine Sturzverletzung ist die Zertrümmerung zu heftig und sie liegt auch zu hoch am Schädel. Nein, ich denke einen Unfall kann man, mit grösster Wahrscheinlichkeit, ausschliessen. Allerdings scheint dem Schlag noch ein Streit voran gegangen zu sein, denn er hat offensichtlich einen Schlag ins Gesicht bekommen. Sein Nasenbein scheint gebrochen und das Gesicht und die Nase sind aufgeschwollen und verfärbt. Nur frage ich mich, wenn ein Streit voranging, wie kommt denn sein Gegner dazu, ihn von hinten niederzuschlagen? Für mich scheint es nicht ausgeschlossen, dass der Mann von zwei Personen angegriffen wurde. Möglich, dass er mit dem einen kämpfte, während der andere ihn von hinten niederschlug."

„Was können sie über die Todeszeit sagen"? wollte ich weiter wissen.

„Das ist, angesichts des teilweise im Wasser liegenden Körpers und der Wassertemperatur, sehr schwierig einzuschätzen. Ich würde mal sagen irgendwo zwischen gestern Abend 20:00 Uhr und heute früh 04:00 Uhr"

„Danke, Doktor" sagte ich und wendete mich den Kollegen zu, welche die Leiche aus dem Wasser gezogen hatten.

„Weiss man schon um wen es sich handelt?" Fragte ich in die Runde.

„Ich denke schon" erwiderte mir einer der jungen Kollegen. „Er trug diese Papiere auf sich." Dabei zeigte er mir einen Plastiksack mit einer Geldbörse, diversen Bankkarten und einer Identitätskarte. Gemäss diesen Unterlagen müsste es sich um einen gewissen Ueli Moser, 42 jährig, aus Zürich, handeln.

Ich rief unsere Zentrale an mit der Bitte, alles über diesen Ueli Moser ausfindig zu machen was bekannt war.

Kurze Zeit später wusste ich, dass es sich beim vermutlichen Toten um einen leitenden Angestellten der Bank Unger handeln musste. Er war verheiratet und hatte ein Kleinkind. Ich erfuhr auch dessen Wohnadresse an der Zürichbergstrasse im Stadtkreis sieben. Auch wurde mir bekannt gegeben, dass er Halter eines silberfarbenen Saab 9.5 war und auch seine Kontrollschild Nummer erfuhr ich.

Das wichtigste für mich war aber die Mitteilung, dass er am Tag zuvor eine Anzeige gemacht hatte, weil er in seinem Büro von einem gewissen Reto Halder tätlich angegriffen und zusammen geschlagen worden war.

Mit dieser Erkenntnis hatten wir erst mal ein mögliches Motiv und einen eventuellen Verdächtigen.

Ich begab mich mit diesem Wissen noch einmal zum Gerichtsmediziner und klärte ihn darüber auf, dass uns bekannt sei, dass der Tote gestern einen Faustschlag ins Gesicht bekommen habe und dessen Nasenverletzung möglicherweise von daher stamme.

„Das ist durchaus möglich". Erwiderte mir der Arzt. „Ich kann, nachdem der Tote einige Stunden im kalten Wasser gelegen hat, nicht genau sagen, ob diese Nasenverletzung unmittelbar vor dem Sturz ins Wasser, oder einige Stunden davor entstanden ist. Die Farbe der blutunterlaufenen Stellen wäre allerdings durchaus vereinbar mit einer früheren Verletzung. "

Ich beschloss, zuerst bei der Familie Moser vorbei zu gehen und die Todesnachricht zu überbringen. Vielleicht konnte ich dort ja noch mehr erfahren.

*

Die Zürichbergstrasse liegt in einem ruhigen, vornehmen Quartier der Stadt. Es befinden sich dort, nebst einigen Mehrfamilienhäusern der gehobenen Art, viele Villen, die meistens im Besitz von alteingesessenen Zürcher Familien sind. Bei der Adresse des Verstorbenen, handelte es sich um ein Terrassenhaus mit vier übereinander, leicht nach hinten versetzt liegenden Wohnungen, welche der Steilheit des Geländes angepasst sind. Mit dieser Bauart, die in den neunziger Jahren und auch noch anfangs dieses Jahrhunderts oft angewendet wurde, hat man in jeder Wohnung den Eindruck in einer Attikawohnung zu leben. Das Wohnzimmer war mit einer ganzseitigen Glasfront versehen, welche auf eine riesige Terrasse mündete. Das Haus entsprach in seiner Bauart genau dem Stil, den man in diesem Quartier erwartet. Jede Wohnung belegt eine ganze Etage mit fünf oder mehr Zimmern. Gemäss Anschrift bewohnte die Familie Moser das zweitoberste Stockwerk.
Ein gesetzter Herr verliess soeben das Gebäude als wir uns der Haustüre näherten. Somit

konnten wir ins Haus gelangen ohne zu läuten. Im zweitobersten Stock angelangt, betätigte ich den Klingelknopf über dem Namensschild „U. + A. Moser". Gleich darauf vernahmen wir ein Rascheln im innern der Wohnung. Der Schlüssel wurde von innen gedreht und die Türe geöffnet. Im Türrahmen erschien eine zierliche Frau mit dunklen Haaren. Sie machte einen deutlich verängstigten Eindruck. Auf dem Arm trug sie ein ca. einjähriges Kind. Ich zeigte meinen Ausweis und stellte mich vor.

„Mein Name ist Franz Buck und das ist mein Kollege Alain Bayard. Wir sind von der Kriminalpolizei und wir möchten uns gerne mit Ihnen unterhalten. Dürfen wir eintreten?

Sie schaute uns verdutzt an und trat einen Schritt zur Seite, indem Sie uns mit einer Handbewegung in ihre Wohnung bat.

„Also doch. Ist meinem Mann etwas zugestossen. Das ist doch der Grund Ihres Besuches oder?" fragte sie.

„Ja, es ist etwas Schreckliches passiert. Ich muss Ihnen leider sagen, dass Ihr Mann wahrscheinlich einem Tötungsdelikt zum Opfer gefallen ist." begann ich unser Gespräch.

Ich hasse es, solche Nachrichten zu überbringen, doch gehört es nun mal zu unserem Job. Die Reaktionen der Leute sind dermassen unterschiedlich, dass man sich nie darauf vorbereiten kann und man immer mit allem rechnen muss. Bei einigen sieht man anfänglich kaum eine Regung und andere werden richtig ausfällig und erwecken den Anschein als möchten Sie auf uns einschlagen weil wir so etwas erzählen. Andere wiederum, fallen in Ohnmacht oder brechen in Tränen aus und beginnen zu schreien. Frau Moser lag in dieser Hinsicht so ziemlich in der Mitte der Skala. Tränen stiegen ihr in die Augen, doch schien sie sich im Griff zu haben. „Ihrer Reaktion muss ich entnehmen, dass Sie damit gerechnet haben oder"? Fragte ich zögernd.

„Was genau ist denn passiert?" flüsterte sie mehr als dass sie es aussprach.

„Es scheint, als sei er erschlagen worden" antwortete ich ihr. „Wann haben Sie Ihren Mann denn zum letzten Mal gesehen"? Wollte ich wissen.

Gestern Abend ist er nicht nach Hause gekommen. Er hat mich angerufen anfangs Nachmittag und hat gesagt, dass er am Vormittag von einem Wahnsinnigen im Büro angegriffen worden sei. Der Mann habe auf ihn eingeschlagen, weil er ihm keinen Kredit habe bewilligen können. Ich weiss aber nicht ob diese Begebenheit etwas mit seinem Tod zu tun hat. Ich habe auch keine Ahnung um wen es sich dabei handelte. Weiter sagte er mir, dass er nach der Arbeit noch einen Kunden treffen werde und anschliessend ein wenig Ruhe brauche und für sich allein sein wolle. Es würde spät werden. Ich solle nicht auf ihn warten und mich Schlafen legen. Ich bin dann, um ca. 22:00 Uhr, ins Bett gegangen und als ich heute früh, kurz nach 04:00 Uhr erwachte, war mein Mann noch immer nicht da. Ich versuchte, ihn auf seinem Mobiltelefon anzurufen, doch bekam ich keine Verbindung. Ich war sehr beunruhigt und beschloss, den Morgen abzuwarten. Falls ich bis dahin nichts von ihm hören sollte, dann würde ich zur Polizei gehen. Ich habe heute früh schon mehrmals versucht ihn anzurufen, sowohl im Büro als auch auf seinem Handy. Vor wenigen Augenblicken erst, habe ich seinen Stellvertreter, Herrn Hunold erreicht und dieser sagte mir, mein Mann sei nicht zur Arbeit erschienen. Das entsprach nun wirklich nicht seiner Art und ich war mir sicher, dass etwas passiert sein musste. Ich war soeben im Begriff, meinen Sohn Denis anzuziehen um zur Polizei zu gehen, um eine Vermisstenanzeige aufzugeben.

„Hatte Ihr Mann Feinde oder können sie sich jemanden vorstellen, der ihm nach dem Leben trachtete? Hat er sich in letzter Zeit auffällig benommen oder irgendetwas verlauten lassen? War es üblich, dass er nach seiner Arbeit noch Kunden traf oder dass er noch alleine sein wollte?" stellte ich die, in einer solchen Situation, üblichen Fragen.

„Es kam schon ab und zu vor, dass er sich mit einem guten Kunden verabredete, zum geschäftlichen Nachtessen oder so. Auch brauchte er nach einem harten Arbeitstag manchmal Ruhe und Zeit für sich selber. Dann rief er mich jeweils an, wie er das gestern auch gemacht hat, damit ich mir keine Sorgen mache. Nein, mir ist in letzter Zeit nichts Besonderes an ihm aufgefallen. Alles schien in bester Ordnung" beantwortete sie meine Fragen.

„Wissen Sie wo er jeweils Ruhe suchte, wenn er alleine sein wollte?" interessierte ich mich weiter.

„Am besten konnte er ausspannen wenn er in sein Bootshaus ging oder mit seinem kleinen Motorboot auf den See hinaus fuhr. Dabei könne er richtig auftanken hat er immer gesagt."

„Wo liegt denn dieses Bootshaus wenn ich fragen darf?"

„Es befindet sich ziemlich genau auf der Grenze zwischen Kilchberg und Rüschlikon, logischerweise am See. Eine eigene Adresse dafür gibt es nicht", erklärte uns die Witwe.

„Das ist auch der Ort, wo Ihr Mann aufgefunden wurde", gab ich ihr bekannt, „unmittelbar neben dem Bootshäuschen am Seeufer."

Wir überreichten der Frau unsere Visitenkarten für den Fall, dass noch irgendwelche Fragen auftauchen sollten und verabschiedeten uns von ihr.

*

„Habe ich mich nicht klar genug ausgedrückt?" rüffelte uns der neue Chef als wir in unsere Dienststelle zurück kamen und ihm kurz den Sachverhalt erläuterten. „Ich habe Sie gebeten, mich über alle Ihre Schritte und über die Situation ständig zu orientieren. Aber nein, was machen Sie? Sie gehen zu der Witwe des Getöteten und unternehmen weiss ich was, ohne Ihre Aktionen mit mir abzusprechen. Ich sage Ihnen ein für allemal: So geht es nicht mehr. Ich will über alles, ständig und sofort

informiert sein. Haben Sie das verstanden?"
bellte er uns förmlich an.

„Tut mir leid", sagte ich mehr formhalber als
überzeugt. „ich bin es noch nicht gewohnt, alle
meine Entscheide zuerst zu kommunizieren
und absegnen zu lassen. Ich habe es
vergessen. Dabei fällt mir ein; ich habe die
Spurentechniker in das Bootshaus des
Getöteten geschickt. Ich erhoffe mir daraus,
dass sie dort Hinweise auf die mögliche
Täterschaft finden."

„Was haben Sie gemacht?" fragte der Chef
ungläubig und offensichtlich kurz vor der
inneren Explosion stehend. „Sie haben die
Spurensicherung an einen Ort geschickt, ohne
dies vorher mit mir abzusprechen? Das glaube
ich jetzt aber wirklich nicht. Was bilden Sie
sich ein? Sie sind doch nicht der Polizeichef
oder der Untersuchungsrichter! So geht es
definitiv nicht, Herr Buck. Haben Sie
wenigstens einen Hausdurchsuchungs-befehl
eingeholt?"

„Das brauche ich nicht, weil es sich um den
erweiterten Tatort handelt. Gemäss geltender
Strafprozessordnung ist uns die
Durchsuchung des Tatortes erlaubt. Die Leiche
wurde direkt vor dem Bootshaus gefunden.
Allerdings wussten wir damals noch nicht,

dass das Haus Eigentum des Toten war und haben deshalb die Spurensuche bisher noch nicht auf das Haus ausgeweitet. Keine Angst, ich habe mich zuvor mit dem Staatsanwalt abgesprochen".

„Sie wollen mich doch nicht etwa über die bestehenden Gesetze belehren oder? Ich denke, dass ich als Jurist das besser beurteilen kann als sie. Sie hätten mich unbedingt informieren müssen, bevor sie weitere Schritte unternahmen. Das ist ein Befehl der gilt auch für die Zukunft. Haben wir uns verstanden"? Schnaubte er in meine Richtung.

„Ich habe sie sehr wohl verstanden aber, erlauben sie mir die Frage: Hätte es an der Sache etwas geändert? Hätten sie die Durchsuchung etwa untersagt"? Wollte ich wissen.

„Natürlich nicht"! Danach suchte er nach Worten, die ihm scheinbar nicht einfallen wollten. Schliesslich stammelte er: „.....Ach, sie sind ein hoffnungsloser Fall, Herr Buck" und verschwand mit einer abwinkenden Handbewegung.

*

Im zentralen Journalverzeichnis konnte ich den Vorfall in der Bank Unger nachlesen, auch wenn der definitive Rapport noch gar nicht geschrieben war. Telefonisch bat ich den Rapportierenden, die Anzeige rasch möglichst zu erledigen, damit wir etwas Definitives in der Hand hielten. Hilfreich für unsere Ermittlungen, zeigte sich allerdings alleine schon die Tatsache, dass die Privatbank Unger, eine Anzeige gegen den rabiaten Kreditnehmer erstattet hatte, nachdem dieser ihren Kreditchef Ueli Moser tätlich angegriffen hatte. Dank unserem Informatik Netzwerk war es für mich so ein Leichtes, die Adresse des beschuldigten Reto Halder herauszufinden.

Dem Frieden zuliebe begab ich mich zu meinem Vorgesetzten und setzte ihn darüber in Kenntnis, dass ich, zusammen mit meinem Kollegen Alain Bayard, der Firma von Reto Halder einen Besuch abstatten würde. Ich beabsichtigte, den Mann auf freiwilliger Basis in unsere Dienststelle zu bewegen, um ihn dann ausführlich zu befragen.

„Was machen Sie, wenn sich der Mann weigert mitzukommen?" fragte mich mein Chef. Es schien mir, als wolle er damit irgendwie „Präsenz markieren" oder mich einfach testen.

„Dann werde ich ihn wegen dringenden Tatverdachtes in einem Tötungsdelikt vorläufig festnehmen" erwiderte ich, obwohl der Chef diese Antwort eigentlich wissen musste. „Richtig, machen sie das. Ich kann ihnen jetzt schon sagen, dieser Fall ist so gut wie gegessen. Wer sonst sollte einen unbescholtenen Banker umbringen, wenn nicht dieser wie heisst er gleich...? Ja, richtig, Halder, der ja bereits einmal auf den Mann losgegangen ist? Gehen sie und nehmen sie den Mann fest, dann ist der Fall gelöst."

„Eines kann ich jetzt schon sagen", meinte ich zu Alain als wir in unserem Büro ankamen. „ Es wird für mich schwierig werden, unseren neuen Chef zu mögen. Er tut wirklich alles um ja nicht sympathisch auf mich zu wirken. Wenn das so weiter geht, steuern wir auf einen gröberen Konflikt zu. Ich spüre es förmlich im Blut."

Daraufhin machten wir uns auf den Weg in die Tiefgarage. Ich überliess Alain das Steuer und er lenkte unseren Dienstwagen in Richtung Nordring. Von dort gelangten wir in die Zürcher Flughafengemeinde Kloten. An der Schaffhauserstrasse, die mehr oder weniger quer durch das ganze Dorf führt und die Flughafengemeinde sozusagen in zwei Teile trennt, befand sich die Computerfirma von Reto Halder.

„Glaubst du, dass es sich bei Reto Halder um den Mörder handelt?" fragte mich mein Kollege. „Das kann ich dir erst beantworten wenn ich mit ihm gesprochen habe. Meistens zeigt sich bald einmal ob jemand etwas mit einem Mord zu tun hat, auch wenn er es nicht zugibt. Es gibt nur wenige Leute die so abgebrüht sind, dass sie einen Mordverdacht ohne Regung leugnen können."

Inzwischen waren wir bei der kleinen Computerfirma angelangt und wir fanden direkt vor dem Eingang sogar einen Parkplatz.

Im Innern des Ladens war es dunkel und ein Aufdruck an der Eingangstüre verriet uns, dass das Geschäft zwischen 12:15 bis 13:30 Uhr geschlossen sei.

Ein Blick auf meine Armbanduhr zeigte mir, dass wir rund eine halbe Stunde zu früh waren.

„Komm", sagte ich zu Alain, „ich lade dich zu einem Kaffee ein." Unseren Dienst-Golf liessen wir stehen und gingen die wenigen Schritte zurück zum Café Fleischli, wo wir nur mit Mühe, um diese Zeit, zwei freie Stühle finden konnten. Wir setzten uns an einen Tisch für vier Personen, an welchem nur ein Mann mittleren Alters sass, der gerade im Begriffe war, die letzen Bisse seines Mittagsmenus zu verzehren. Als wir bei der Kellnerin unsere beiden Kaffees bestellten, benutzte der Mann die Gelegenheit und bezahlte sein Mittagessen. Daraufhin stand er auf, verabschiedete sich von uns und verliess das Café.

Als die Uhrzeiger gegen 13:30 Uhr rückten, verliessen auch wir das Lokal und begaben uns in Richtung Computergeschäft.

Die Eingangstüre löste eine Glocke aus, als wir den Laden betraten. Im Innern des Geschäftes stand eine, quer zur Eingangstüre positionierte Empfangstheke. Dahinter waren lagerähnliche Gestelle aufgebaut, die mit den verschiedensten Computerelementen gefüllt waren. Auf das Glockensignal schälte sich ein Mann zwischen den Regalen im hinteren Teil des Geschäftes heraus und trat an die Theke. Diesen Mann kannten wir. Es war derjenige, welcher vorhin an unserem Tisch gesessen hatte.

„Grüss Gott meine Herren" sagte er höflich. „Was kann ich für sie tun"?

„So sieht man sich wieder" sagte ich. „Wir möchten gerne mit Reto Halder sprechen" liess ich ihn wissen.

„Er steht vor ihnen in seiner ganzen Grösse" fügte er belustigt bei. „Um was geht es?"

„Ich hielt ihm meinen Polizeiausweis hin und stellte uns beide vor: „Mein Name ist Buck und das ist mein Kollege Bayard. Wir sind von der Mordkommission der Zürcher Polizei. Wir möchten sie bitten, uns zu unserer Dienststelle zu begleiten, denn wir haben ein paar Fragen an sie, die wir Ihnen nicht hier stellen möchten" klärte ich ihn auf.

„Mordkommission"? Fragte er erstaunt. „Geht es um den gestrigen Vorfall? Ich dachte dies sei bis zum Gerichtstermin abgeschlossen. Was wollen sie denn noch von mir? Ich habe gestern alles gesagt" ereiferte er sich.

„Es geht nur indirekt um den gestrigen Vormittag" meldete sich Alain zu Wort.

„Was soll das heissen, nur indirekt"?

„Wie meistens, wenn wir auftauchen, geht es auch hier um ein Tötungsdelikt" klärte ich ihn auf.

„Was?! Ein Tötungsdelikt? Fragte er ungläubig. Um was für ein Tötungsdelikt? Wer ist umgebracht worden und was habe ich damit zu tun" wollte er weiter wissen.

„Der Mann den sie gestern tätlich angegriffen haben, wurde heute Morgen tot aufgefunden. Wo waren sie gestern Abend und vergangene Nacht"? fiel ich mit der Tür ins Haus.

„Was soll das? Bin ich etwa tatverdächtig"? Fragte er ungläubig.

„Beantworten sie einfach meine Frage, bitte. Wo waren sie vergangene Nacht?"

„Zuhause. Zuerst habe ich noch ein wenig ferngesehen und ca. um 22:00 Uhr bin ich zu Bett gegangen"

„Gibt es dafür Zeugen"? Wollte ich weiter wissen.

„Natürlich nicht. Ich lebe alleine und habe auch den Abend und die Nacht alleine verbracht." Klärte er uns auf.

„Darf ich sie bitten uns zu begleiten, damit wir das alles in einer schriftlichen Vernehmung aufschreiben können"?

Zuerst versuchte er, sich herauszureden. Er könne doch das Geschäft nicht einfach schliessen mitten am Tag etc. Schliesslich sah er aber ein, dass ihm keine Wahl blieb, zumal ich ihm klar machte, dass es ihm überlassen bleibe, freiwillig mitkommen oder als Tatverdächtiger, in Handschellen abgeführt zu werden.

*

Auf dem Rückweg ins Büro ertönte plötzlich die „Tatort" Titelmusik, welche ich als Ruf Ton auf mein Geschäfts-Handy geladen hatte. Auf diese

Weise konnte ich private und geschäftliche Anrufe bestens auseinander halten. Ich nahm den Anruf entgegen und es meldete sich mein Kollege Ernst Beuler von der Spurensicherung. „Hallo Franz, wie geht's?" „Gut, danke" antwortete ich. „Hast du mir erfreuliche Nachrichten?" „Wie man's nimmt, ich denke schon." Antwortete er. Ich habe eindeutige, frische Einbruchspuren im Bootshaus entdeckt. Es muss dort kurz zuvor ein Einbruch stattgefunden haben. An einer angefangenen Weinflasche konnte ich zudem Fingerabdrücke sicherstellen, die auf den ersten Blick nicht dem Toten gehören. Zudem haben wir auch DNA Spuren an verschiedenen Gegenständen abgenommen, die nun ausgewertet werden müssen," erklärte er mir. „Deutet etwas auf einen vorangegangenen Kampf im Bootshaus hin?" war meine logische Frage. Das kann ich leider aufgrund des Spurenbildes weder bestätigen, noch ausschliessen. Alles scheint ziemlich gut aufgeräumt und effektive Kampfspuren konnten nicht gesichtet werden. Wir haben den ganzen Raum mit Luminol behandelt, doch irgendwelche Blutspuren liessen sich nicht sichtbar machen. Ich kann demzufolge mit an Sicherheit grenzender Wahrscheinlichkeit

ausschliessen, dass der Mann die
Kopfverletzung im Bootshaus erlitten hat.
Ich bat den Kollegen, die Dakty- und die DNA-
Spuren schnellst möglich auszuwerten, in der
Hoffnung dass diese auch bei uns registriert
sind.
Er versprach mir, mich auf dem Laufenden zu
halten. Während ich mit dem Kollegen
telefonierte, hatten wir das
Kriminalpolizeigebäude erreicht. Reto Halder
folgte uns in seinem privaten Auto. Er war ja
nur als Auskunftsperson hier, weshalb sich
vorerst keinerlei Zwangsmassnahmen
aufdrängten.

*

Alain Bayard stellte sich als Protokollführer zur
Verfügung und schrieb die Fragen und
Antworten auf, welche ich Reto Halder stellte.
„Hören sie, Herr Halder" begann ich. „Sie sind
gestern völlig ausgerastet und haben auf Herrn
Moser eingeschlagen. Wären sie nicht von
andern Mitarbeitern zurück gehalten worden,
hätten sie den Mann möglicherweise in seinem
Büro umgebracht. Sie glaubten, allen Grund
zu haben, sich an ihm zu rächen, denn er ist in
ihren Augen schuld daran, falls ihre Firma in
den Konkurs gleiten sollte. Es ist somit

durchaus denkbar, dass sie ihre verbalen Drohungen, die sie in seinem Büro ausgestossen haben, ihn umzubringen, nun in die Tat umgesetzt haben. Ist das nicht so?"
Einen Moment lang schwieg er und er schien in Gedanken, eine Antwort zu formulieren. Dann legte er los.
„Sagen wir es mal so;" begann er. „Ich trage weder Trauerflor, noch habe ich gerötete Augen wegen dem Tod von Moser. Ich hasste den Mann und traure ihm keine Minute nach. Das heisst aber lange noch nicht, dass ich ihn umgebracht habe oder dass ich sonst etwas mit seinem Tod zu tun hätte." Dann begann er über sein grosses Geschäft zu sprechen, welches er in Aussicht hatte und das nun, wegen dem fehlenden Bankkredit, geplatzt ist. etc. Wir liessen ihn reden, ohne ihn zu unterbrechen. Schliesslich schloss er seine Aussagen mit den Worten „Wie ich schon anfänglich gesagt habe, habe ich mit dem Tod dieses Mannes absolut nichts zu tun. OK, ich bin gestern ausgerastet und habe ihn angegriffen. In der Zwischenzeit habe ich mich beruhigt und ich weiss, dass es ein Fehler war. Andererseits muss man mich in meiner Situation auch verstehen. Wären ihnen an

meiner Stelle nicht auch die Sicherungen durchgebrannt"?

Aufgrund des Verhaltens von Reto Halder und seinen glaubwürdigen Aussagen, schien er für uns vorerst nicht als Täter in Frage zu kommen. Zwar war er bis anhin der einzige Tatverdächtige, doch hatten wir weder Beweise noch genügend Indizien um ihn festzuhalten. Aus diesem Grunde wurde er auf freien Fuss gesetzt, mit der Auflage, uns zu informieren, falls er demnächst das Land verlassen sollte.

*

„Ich kann es einfach nicht glauben", tobte unser Chef, als ich ihm erklärte, dass ich Reto Halder laufen gelassen habe. „Es ist doch sonnenklar, dass es sich bei diesem Mann um den Täter handelt. Wer sonst, sollte ein Interesse daran haben, einen rechtschaffenden Mann wie diesen Ueli Moser zu ermorden? Zudem wurde der Mann nicht ausgeraubt, was heisst, einen Raubmord durch eine unbekannte Drittperson können wir ausschliessen. Was bleibt, ist einzig dieser Reto Halder. Er ist schon einmal auf den Mann losgegangen. Er hat seine Gefühle nicht unter Kontrolle und er hat zudem Morddrohungen gegen Ueli Moser ausgestossen. Was braucht es denn mehr? Die Öffentlichkeit will Resultate sehen und wir werden ihnen diese liefern, ob es ihnen nun passt oder nicht, Herr Buck! Nach einer ganz kurzen Verschnaufpause fügte er noch zu: „Gehen sie und verhaften sie den Mann. Das ist ein Befehl. Haben wir uns verstanden?"

„Verstanden habe ich sie sehr wohl, doch muss ich mich leider diesem Befehl widersetzen." Ich wollte gerade weiterfahren mit meinen Ausführungen, als ich bemerkte, wie der Chef kurz vor einer Explosion stand. Er begann regelrecht zu zittern und er schnaufte wie ein angestochener Stier in der Stierkampfarena. Ich bitte die Leser um Entschuldigung wenn ich so über meinen Chef rede, aber ich fand keinen passenderen Vergleich für diese Situation, als ich ihn so wütend vor mir sah. „Beruhigen sie sich" bat ich ihn. „Die Entlassung habe ich nicht alleine veranlasst, sondern nach Absprache mit dem zuständigen Staatsanwalt. Er war wie ich der Meinung, dass die Verdachtsmomente gegen Reto Halder nicht für eine Untersuchungshaft ausreichten. Es sind alles nur Indizien und Bauchgefühle. Einen wirklichen Beweis haben wir keinen einzigen. Zudem denke ich, dass Reto Halder nicht so dumm ist und den Mann umbringen würde, unmittelbar nach seiner Entlassung. Wenn er das beabsichtigte, dann hätte er einen oder zwei Monate warten können. Er musste ja wissen, dass wir sofort auf ihn aufmerksam würden, nach dem Vorfall vom Vormittag". Wirklich beruhigen liess sich der Chef aber auch durch diese Worte nicht. „Und was die Presse und die Öffentlichkeit anbelangt, erlauben sie mir die Bemerkung, dürfen wir uns nie in unseren Entscheidungen beeinflussen lassen. Ich weiss, sie sind der Chef aber ich meine doch auf eine ziemlich lange Erfahrung in diesem Metier zurückblicken zu dürfen und diese Erfahrung hat mir gezeigt, dass es nie gut kommt, wenn man versucht seine Arbeitsweise dem Wunsch der Öffentlichkeit anzupassen". Irgendwie schienen diese Worte die Wut meines Vorgesetzten wieder zu entfachen, sodass ich es vorzog, mich zu verabschieden und sein Büro zu verlassen.

*

Ich hatte nicht lange die Gelegenheit, über diese ziemlich heftige Diskussion nachzudenken denn, als ich meine Bürotür öffnete, ertönte bereits mein Telefon. „Hey, ich habe gute Neuigkeiten" tönte die Stimme meines Kollegen Ernst Beuler aus der Muschel nachdem ich den Hörer abgenommen hatte. „Ich habe deinen Fall gelöst!! Die Fingerabdrücke auf der Flasche im Bootshaus und die DNA Spur an der Türklinke konnten ein und demselben Mann zugeordnet werden. Ich denke er ist für dich kein Unbekannter. Es handelt sich um den Einbrecher und Tagedieb Henri Schmutz."

„Das ist ja zwischendurch mal eine gute Nachricht. So unfähig wie alle sagen seid ihr ja gar nicht bei der Spurensicherung" stichelte ich meinen Kollegen an. Dieser verstand den Spass und antwortete: „Was wäret ihr schon ohne uns. Keinen einzigen Fall könntet ihr lösen!" Sagte es und verabschiedete sich lachend.

Henri Schmutz war für mich tatsächlich kein Unbekannter. Seit ich vor über 20 Jahren von der Sicherheits- zu der Kriminalpolizei wechselte, hatte ich immer wieder mit ihm zu tun. In den letzten Jahren allerdings, seit ich bei der Mordkommission bin, habe ich ihn ein wenig aus den Augen verloren. Wenn wir uns aber zufällig auf der Strasse treffen, dann unterhalten wir uns immer kurz miteinander. Er ist im Grunde genommen kein böser Mensch. Seit ich ihn kenne hält er sich immer mit diversen Einbrüchen und Diebstählen über Wasser. Er klaut alles was nicht niet- und nagelfest ist und verkauft es irgendwo weiter. Er kann aber, wie man zu sagen pflegt, keiner Fliege etwas zuleide tun. Schon oft wurde er erwischt bei seiner Klauerei und noch nie hat er sich tätlich zur Wehr gesetzt. Für mich hatte der Einbruch ins Bootshaus und das Tötungsdelikt, nichts mit einander zu tun. Davon war ich überzeugt. Ich teilte meine Überlegungen auch meinem jungen Kollegen Alain Bayard mit. Dieser schien jedoch eher skeptisch.

„Es könnte doch sein", begann er den Versuch, mich in seine Gedanken einzuweihen, „dass Henri Schmutz den Einbruch begangen hat und dabei vom Eigentümer erwischt wurde. Dann kam es zur Auseinandersetzung, wobei Ueli Moser den Kürzeren zog und umgebracht wurde."

„Genau das glaube ich nicht. Du kennst Henri Schmutz nicht. Er ist viel zu sensibel, um so ein Delikt zu begehen. Er hätte schon gar nicht die Kraft dazu, mit einer solchen Wucht auf dessen Schädel einzuschlagen. Nein, ich bin zu 100% überzeugt, dieses Delikt trägt nicht die Handschrift von Henri Schmutz."

Als gut erzogener Mensch gab ich mir Mühe, die Weisungen meines neuen Chefs so gut wie möglich zu befolgen und seine Nerven nicht zu überstrapazieren. Ich beschloss deshalb, ihn über die neueste Entwicklung in diesem Fall in Kenntnis zu setzen. „Herein" tönte es sehr forsch durch die verschlossene Tür, nachdem ich an seinem Büro angeklopft hatte. Den Blick als liebevoll zu bezeichnen, welchen er mir zuwarf als ich eintrat, könnte als Unwahrheit des Jahres in die Schlagzeilen eingehen. „Was wollen sie schon wieder"? Schnaubte er mich an, ohne seinen Blick von den vor ihm liegenden Akten zu heben. Trotzdem versuchte ich sachlich zu bleiben und erklärte ihm den Spurenfund. Ich gab ihm allerdings auch meine Zweifel bekannt am Tatverdacht gegen Henri Schmutz.

„Nun hängen Sie mal nicht den Heiligenschein über diesen Mörder. Jedes Kind kann eins und eins zusammenzählen, wie das Ganze abgelaufen ist. Dieser Schmutz hat den Einbruch in das Bootshaus verübt und wurde dabei vom Besitzer ertappt. In der folgenden Auseinandersetzung hat er ihn umgebracht. Wo liegt denn da das Problem? Sie arbeiten nicht beim Sozialamt, Herr Buck, sondern bei der Polizei und da haben solche memmenhaften Überlegungen keinen Platz. Wir müssen uns an die Fakten halten und diese sprechen nun mal ganz klar gegen diesen, wie heisst er noch gleich? Ja richtig, Henri Schmutz. Lassen sie den Mann verhaften. Dies gilt als Befehl! Sie werden sehen, dass sie die Akte über dieses Tötungsdelikt schon bald schliessen können."

„Entschuldigung. Haben sie mir nicht vor weniger als einer halben Stunde befohlen, Reto Halder zu verhaften"? Jetzt brannten auch mir langsam die Sicherungen durch. Anders konnte ich meine Reaktion nicht erklären, denn entgegen meiner sonstigen Art, fügte ich noch bei: „Wenn das so weiter geht, sind die Strassen Zürichs bald ausgestorben." Ich hatte den Satz kaum ausgesprochen, als ich ihn auch schon wieder bereute. Ich weiss aus Erfahrung, dass es nichts bringt, wenn man sich gegenseitig auf die Palme treibt.

Völlig überraschend für mich war die Reaktion des Chefs. Sie blieb nämlich aus. Was war jetzt geschehen? Wusste er darauf keine Antwort oder zog er es vor, nicht mehr weiter zu streiten? Ich weiss es nicht. Er blieb jedenfalls stumm, sodass ich weiter sprechen konnte.

„Ich habe kein Problem damit, Henri Schmutz zu verhaften, das hätte ich sowieso getan, und wenn es nur ist um seine Unschuld zu beweisen. Den Einbruch hat er ja sowieso begangen. Beim Tötungsdelikt bin ich vom Gegenteil überzeugt, aber wir werden sehen." Mit diesen Worten verabschiedete ich mich von meinem Chef.

*

Henri Schmutz war noch immer in seiner alten Zweizimmerwohnung an der Bäckerstrasse im Zürcher Kreis 4, offiziell angemeldet. So war es ein einfaches Unterfangen, ihn am folgenden Morgen zu früher Stunde zuhause abzuholen. Ich schickte ein erfahrenes Zweierteam unserer Aussenfahndung bei ihm vorbei und die beiden Kollegen brachten mir den Gesuchten um 08:00 Uhr in mein Büro.

„Na, so sieht man sich wieder" eröffnete ich unser Gespräch. Wie geht es Dir"? Fragte ich den ziemlich schlecht gelaunt scheinenden Mann.

„Wie soll es mir schon gehen, wenn man mich so unsanft, mitten in der Nacht aus dem Bett holt? Was soll das Ganze? Ich habe nichts getan."

„Ein Engel warst Du ja wohl auch nicht oder täusche ich mich etwa?"

„Ich habe mir nichts vorzuwerfen. Basta"

„Dann kommen wir mal zur Sache. Wo warst Du am Abend und in der Nacht des vergangenen Montag auf Dienstag?"

„Da muss ich mal überlegen. Ja, jetzt kann ich mich wieder erinnern. Ich habe noch ein paar Sachen eingekauft in der Bahnhofpassage und dann bin ich nach Hause gegangen und habe mich frühzeitig ins Bett gelegt. Irgendwie war mir nicht ganz gut an jenem Abend und deshalb bin ich so früh ins Bett gegangen."

„Warum erzählst du mir so einen Quatsch? Du kennst mich doch. Glaubst du, ich würde dich abholen lassen, wenn ich nicht etwas gegen dich in der Hand hätte? Also, nochmals von vorne, aber diesmal die Wahrheit bitte."

„Ich kann mich nicht mehr erinnern" versuchte er sich heraus zu reden.

„Dann helfe ich deiner Erinnerung ein wenig nach. Sagt dir das Bootshaus an der Grenze zwischen Kilchberg und Rüschlikon etwas?"

„Wieso weisst du denn das schon wieder?" Dann schwieg er eine ganze Weile und ich unterbrach die Stille ebenfalls nicht. Man merkte ihm an, wie die Ruhe an ihm nagte. Plötzlich hielt er das Schweigen nicht mehr aus und begann zu reden:

„Ja, ja, ist ja schon gut. Ich war dort und habe mich mal ein wenig umgesehen."

„Aha, so nennt man das jetzt. Und was hast du gesehen"? übernahm ich seinen Wortlaut.

„Eben nichts, das ich hätte zu Geld machen können. Es war eine richtig geizig eingerichtete Hütte." Fügte er zu.

„Die Arbeit um dort einzubrechen hat wohl Durst gegeben?" bohrte ich weiter.

„Ach so, das meinst du. Ich hätte mir wohl Handschuhe anziehen sollen. Du hast meine Fingerabdrücke auf der Flasche gefunden. Stimmts? Ja. Ich habe die Flasche dort gesehen und ich dachte mir, dass ich einen guten Schluck Wein vertragen könnte. Das ist aber alles. Sonst habe ich absolut nichts geklaut. Ich will ehrlich sein. Nicht weil ich nichts klauen wollte, sondern weil schlicht nichts zu holen war dort. Ich schwöre es Dir."

„Hat dich jemand beim Einbruch überrascht?" Fragte ich der Vollständigkeit halber, obwohl ich mir nach wie vor sicher war, dass dieser Mann kein Mörder war.

„Nein, was soll die Frage? Es war keine Menschenseele weit und breit. Das Wetter lud ja auch nicht gerade zu einem Spaziergang am See."

„Dumm für dich ist nur, dass der Bootshausbesitzer ungefähr zur Einbruchzeit umgebracht wurde und am folgenden Morgen im Wasser neben seinem Bootshaus gefunden wurde" fügte ich bei.

Jetzt schien der Mann die Welt nicht mehr zu verstehen. Befand er sich etwa, wie man zu sagen pflegt, im falschen Film! War das ganze etwa nur in Traum? Er sprang von seinem Stuhl auf und schrie: „Was?!? du willst mir doch nicht etwa einen Mord in die Schuhe schieben oder? Du kennst mich. Zugegeben, ich war nie einer der Besten. Aber einen Menschen umbringen, das liegt mir fern. Nie würde ich so etwas tun. Zwischen etwas klauen und jemanden umbringen ist ja wohl noch ein grosser Unterschied. Ich dachte, dass du mich inzwischen gut genug kennen solltest um zu wissen, dass ich kein Mörder bin."

„Setz Dich wieder!" Befahl ich ihm. „Ich sage ja nicht, du seiest ein Mörder. Ich sage dir nur, dass der Mann ungefähr zu dieser Zeit umgebracht wurde. Kannst du mir dazu etwas sagen? Hast du etwas gesehen oder gehört?"

„Nein. Ich habe zwar den Einbruch begangen, OK, dazu stehe ich und ich habe eine Flasche Wein geöffnet und davon getrunken. Dann bin ich wieder gegangen. Das ist alles was ich dazu sagen kann."

Ich glaubte ihm und war weiterhin von seiner Unschuld überzeugt. Trotzdem musste ich ihn, auf Wunsch meines Vorgesetzten, der Staatsanwaltschaft zuführen.

*

Ich kam nicht weiter in meinen Ermittlungen. Ich wusste noch nicht einmal, in welche Kategorie ich dieses Tötungsdelikt einordnen sollte. War es ein Beziehungsdrama oder doch eher eine Affekthandlung? Ein Raubmord konnte man ausschliessen, da der Verstorbene seinen Geldbeutel noch auf sich trug. Könnte eventuell eine Abrechnung dahinter stecken oder führte das Opfer gar ein Doppelleben, von dem noch niemand etwas wusste? Es gab so viele Fragen die einer Antwort bedurften, welche ich nicht geben konnte. Ich beschloss deshalb, mich mit dem Toten näher zu befassen und dazu wollte ich als Erstes noch einmal mit dessen Witwe sprechen.
Telefonisch vereinbarte ich mit ihr einen Termin und sie erschien am nächsten Morgen, pünktlich um 08:00 Uhr, in meinem Büro. Sie war ganz in Schwarz gekleidet. Sie trug einen Hosenanzug und einen schwarzen, dünnen Rollkragenpullover. Sie schien in den letzten Tagen, seit unserem ersten Zusammentreffen, um einige Jahre gealtert. Auf mich machte sie jedenfalls diesen Eindruck.

„Frau Moser, wir sind bis jetzt leider noch auf keine wirklich heisse Spur gestossen, im Tötungsdelikt ihres Mannes." Mit diesen einleitenden Worten bat ich Frau Moser, mir gegenüber Platz zu nehmen.

„Aber ich habe gehört, dass sie den Einbrecher des Bootshauses eingesperrt hätten und dass es sich bei diesem, fast sicher, um den Mörder meines Mannes handle. Trifft das etwa nicht zu?" fragte sie mich und schaute mich enttäuscht an.

„Von wem haben sie denn das erfahren? Meines Wissens wurde davon nichts in den Medien veröffentlicht", sagte ich erstaunt.

„Nein, aber gestern Abend, kurz nach Ihrem Anruf, hat mir ein Herr Anders von der Kripo telefoniert und mir gesagt, der Mörder meines Mannes sei mit grösster Wahrscheinlichkeit verhaftet worden. Er sei allerdings noch nicht geständig, doch sei die Beweislast gegen ihn enorm."

„Es tut mir leid, wenn ich sie da enttäuschen muss. Wir haben zwar den Einbrecher verhaftet, doch bin ich so gut wie sicher, dass er mit dem Tod Ihres Mannes nichts zu tun hat. Herr Anders war da wohl etwas zu euphorisch." versuchte ich meinen Chef in Schutz zu nehmen. Innerlich jedoch kochte ich vor Wut. Ich versuchte, mir nichts anmerken zu lassen. Ich musste ihn aber möglichst bald zur Rede stellen. So geht das nun wirklich nicht.

„Ich bin guter Dinge, dass wir noch auf den Mörder stossen werden" versuchte ich sie aufzumuntern. „Die Aufklärungsquote bei Tötungsdelikten liegt nicht umsonst um die 90%. Allerdings ist es nun wichtig, dass wir möglichst viel über ihren Mann erfahren. Wir müssen jeder Kleinigkeit nachgehen und deswegen habe ich sie gebeten, hierher zu kommen. Ich danke ihnen, dass sie sich die Zeit dafür genommen haben. Ich möchte alles wissen über ihren Mann, auch Sachen die ihnen möglicherweise schwer fallen, darüber zu reden oder die ihnen nicht wichtig scheinen mögen. Wie war er, mit welchen Menschen hatte er Kontakt, was trieb er für Hobbys, war er in irgendwelchen Verbindungen oder Sportvereinen usw. Einfach alles. Vielleicht ergibt sich daraus schliesslich ein Hinweis, der uns zum Erfolg führt. Erzählen sie doch einfach mal über ihn, was ihnen gerade in den Sinn kommt" bat ich sie.

„Da gibt es nicht viel zu sagen" begann sie. Wir sind seit sechs Jahren verheiratet. Vor knapp vier Jahren ist sein Vater gestorben, zu welchem er immer einen sehr engen Kontakt hatte. Von ihm hat mein Mann auch das Bootshaus und das Schiffchen geerbt. In einem Sportverein war er nicht, obwohl er regelmässig Kraft- und Lauftraining betrieb. Im Büro war er sehr strebsam und er hat sich vom einfachen Schalterbeamten, bis zum Kreditchef hinaufgearbeitet. Ich glaube, seine Mitarbeiter schätzten ihn sehr. Stefan hat jedenfalls immer gesagt, einen besseren Chef, könnte er sich nicht vorstellen."

Wen meinen Sie mit Stefan?" unterbrach ich sie.

Herr Hunold. Er war sein Stellvertreter und wenn mich nicht alles täuscht, hat dieser jetzt zumindest provisorisch, seine Position in der Bank übernommen.

Wenn ich es richtig verstanden habe, sind sie per Du mit diesem Stefan Hunold?

„Ja." Sie überlegte kurz, dann fuhr sie weiter „Stefan war mehrmals bei uns eingeladen, zu einem Grillabend oder so. Wir kennen uns schon lange und er gehörte schon fast zur Familie. Mein Mann hat ihn sehr geschätzt."

„Was kommt Ihnen sonst noch spontan in den Sinn"? fragte ich weiter.

„Eigentlich nichts. Es ist unglaublich. Da lebt man mit jemandem jahrelang zusammen und wenn man über diese Person etwas sagen soll, dann fällt einem kaum etwas ein. Ausser, dass er ein sehr lieber und ausgeglichener Mensch war den alle schätzten und mochten."

„Bitte entschuldigen sie die Frage, aber kann es sein, bzw. könnten sie sich vorstellen, dass ihr Mann eine Freundin hatte"? Fragte ich.

„Nein, wie kommen sie darauf? Haben sie irgendwelche Anhaltspunkte die sie zu so einer Frage bewegen?" Gab sie meine Frage zurück.

„Nein, überhaupt nicht. Ich möchte einfach alles über ihn in Erfahrung bringen und untersuche das persönliche Bild ihres Mannes und da gehören mal solche Fragen auch dazu, es tut mir leid." Mit diesen Worten versuchte ich die Frau zu beruhigen. Ich wollte sie nicht mehr länger quälen und verabschiedete sie mit den Worten: „Sollte ihnen noch irgend etwas einfallen, so können Sie sich jederzeit bei mir melden".

*

Als ich Frau Moser aus meinem Büro begleitete, kam mir mein Chef entgegen. Er sah mich und die Frau fragend an, ohne etwas zu sagen. Ich fuhr mit der Frau im Lift zum Ausgang und verabschiedete sie.

Kaum war ich wieder auf meiner Arbeitsetage angekommen, führten mich meine Schritte direkt ins Büro meines Chefs.

„Es tut mir leid, aber so geht das wirklich nicht" redete ich nicht lange um den heissen Brei. „Auch wenn sie mein Vorgesetzter sind, so können sie doch nicht einfach meine Klientel anrufen und diese über den Stand der Ermittlungen informieren, schon gar nicht, über irgend welche ungesicherten Spekulationen."

„Moment mal" unterbrach er mich. „Jetzt machen Sie mal halblang! Von was reden sie überhaupt?"

„Ist es etwa nicht so, dass sie Frau Moser angerufen und gesagt haben, wir hätten den Mörder ihres Mannes eingesperrt? Wie kommen sie dazu der Frau so etwas zu sagen? Es ist bei weitem nicht gesichert, ob Schmutz für diese Tat in Frage kommt. Die Frau war nun der festen Überzeugung, dass der Fall unmittelbar vor der Klärung stehe. Jetzt musste ich sie enttäuschen und das ist alles andere als angenehm. Als Jurist dürfte ihnen nicht fremd sein, dass jemand als unschuldig gilt, solange er nicht verurteilt ist."

„So jetzt ist genug!" Schrie er mich an. „Was erlauben sie sich eigentlich? Es ist meine

Pflicht, die Leute aufzuklären. Was glauben sie, wie sehnlichst ein Angehöriger eines Tötungsopfers auf die Meldung wartet, dass der Mörder eingesperrt ist?"

„Eben. Und wie glauben sie, ist es so jemandem zu Mute wenn er damit rechnet dass der Mörder verhaftet ist und danach muss man ihm kleinlaut gestehen, dass wir den Falschen verdächtigt haben? Ich bitte sie, nie mehr solche Anrufe zu tätigen, ansonsten müsste ich mich bei einer höheren Stelle über sie beschweren. Ich kann so nicht weiter arbeiten. Ich bitte sie wenigstens, solche Anrufe mit mir abzusprechen."

Zu meinem Erstaunen sah Walter Anders plötzlich ein, dass er vielleicht doch ein wenig zu weit gegangen war.

„OK, es mag sein, dass ich ein wenig zu schnell war mit meiner Mitteilung. Ich will ehrlich sein. Wie sie wissen, bin ich auch nur ein Mensch und dies ist mein erster Fall als Mordkommissionsleiter und ich war ziemlich froh, dass der Fall in so kurzer Zeit gelöst werden konnte. Ich bin noch immer der felsenfesten Überzeugung, dass es sich bei Henri Schmutz um den Mörder handelt. Können wir dieses Thema nun als abgehakt

betrachten? Ich entschuldige mich." Dabei
streckte er mir seine Hand entgegen.
Ich gab ihm meine Hand indem ich sagte:
„Wenn Sie sich künftig mit mir absprechen,
bevor Sie solche Anrufe tätigen, dann will ich
es vergessen."
Dann wollte er weiter wissen: „War das Frau
Moser mit welcher ich sie vorhin im Korridor
gesehen habe"?
„Ja, das war die Witwe des ermordeten Ueli
Moser" gab ich ihm wahrheitsgetreu zur
Antwort.
„Und was wollte sie von Ihnen?" fragte er
neugierig.
„Gar nichts. Ich habe sie gebeten vorbei zu
kommen, denn ich will alles über den
Verstorbenen wissen. Vielleicht findet sich da
ein Ermittlungsansatz."
„Jetzt will ich Ihnen aber einmal etwas sagen:
Erstens," begann der Chef aufzuzählen, indem
er den Daumen hob, „haben Sie es ein weiteres
mal unterlassen, mich über Ihr Vorgehen in
Kenntnis zu setzen. Somit dürften wir quitt
sein was die fehlende Informationen anbetrifft
oder?"
„Ich hab verstanden, ist ja gut" gab ich zu.

Und zweitens," jetzt folgte der Zeigefinger, „haben wir den Mörder gefasst. Was wollen Sie noch mehr?"

„Sie sind doch Jurist und als solcher sollten sie auch wissen, dass ich strafprozessual verpflichtet bin, auch den entlastenden Hinweisen nachzugehen und nicht nur den Belastenden."

„Diesmal muss ich ihnen wohl Recht geben. So tun sie halt, was sie nicht lassen können. Trotzdem, seien sie sich bewusst, dass der Mörder hinter Schloss und Riegel sitzt und wir auf Sparflamme weiter kochen können."

Mit diesen Worten entliess er mich aus seinem Büro.

Hui, dachte ich mir. 1:0 für mich! Ich hätte nicht gedacht, dass dieser Mann einen Fehler eingestehen kann und einem Untergebenen Recht gibt. Wer weiss, vielleicht wird aus ihm ja wirklich noch ein ganz passabler Chef.

*

Der Urgrossvater von René Pitoux reiste schon Anfang des 20. Jahrhunderts von Südfrankreich kommend, in die Schweiz ein. Damals war so eine Reise noch ein echtes Abenteuer. Trotz seinem, für jene Zeit unüblichen Wandertrieb, liess er sich hier nieder und gründete eine Familie. Seit diesem Zeitpunkt lebten seine Nachkommen hier und haben die Schweiz nur noch ferienhalber verlassen. Sein Urenkel René, schien von seinem Ahnen die Reiselust geerbt zu haben. Als unverheirateter Staatsanwalt, konnte er es sich leisten, immer in seinen Ferien, eine grosse Reise zu unternehmen. Er hatte sich zum Ziel gesetzt, jedes Jahr ein anderes Land zu bereisen. Es gab keinen Erdteil, den er nicht schon mindestens einmal bereist hatte. Die vielen eingerahmten Fotos an allen Wänden seines Büros, waren Zeugen seiner Reisen und Erinnerungen zugleich, an die schönsten Punkte unserer Erde. Das Büro von René Pitoux lag im Erdgeschoss der Staatsanwaltschaft, Seite Stauffacherstrasse, unweit des Haupteinganges.

René Pitoux hatte beim Gefangenentransportdienst auf 13:30 Uhr, Henri Schmutz bestellt. Im Vorfeld hatte er sich über dessen Leumund schlau gemacht und gesehen, dass er es mit einem der Polizei und Justiz bestens bekannten Dieb zu tun haben würde. Zwar hatte der Mann keinerlei Einträge im Bereich der Gewaltkriminalität, doch konnte man von einem berufsmässigen Dieb und Einbrecher sprechen. Sein

Sündenregister war ellenlang und jetzt kam auch noch ein Tötungsdelikt dazu. Mit der heutigen Einvernahme hoffte er, ihm ein Geständnis zu entlocken. Ob er den Mann schliesslich wegen einer fahrlässigen Tötung, einer Körperverletzung mit Todesfolge, oder gar einem Mord anklagen würde, das wollte er nach dem Geständnis festlegen. Er war sich sicher, dass Henri Schmutz der Mörder von Ueli Moser war, auch wenn dieser die Tat bis zum jetzigen Zeitpunkt bei der Polizei noch nicht zugegeben hatte. Da René Pitoux in der Staatsanwaltschaft IV, für Gewaltdelikte tätig war, hatte er bisher noch nie mit Henri Schmutz zu tun.

Kurz vor halb zwei, führten zwei uniformierte Beamte den Angeschuldigten in das Büro des Staatsanwaltes. Die Handfesseln wurden ihm abgenommen und er setzte sich gegenüber dem Staatsanwalt an den Tisch. Links von ihm, seitlich des Tisches, sass der Sekretär welcher das Protokoll verfasste.

René Pitoux wusste, dass es immer schwieriger war, jemanden zu einem Geständnis zu bringen, der sich gewohnt war, als Angeschuldigter befragt zu werden, als einer der zum erstenmal auf dem Anklagestuhl sass und total eingeschüchtert war. Dass er es hier mit einem abgebrühten und mit allen Wassern gewaschenen Täter zu tun haben würde, war ihm aufgrund des langen Delikte Kataloges von Henri Schmutz bewusst.

„Herr Schmutz, ich gebe Ihnen einen guten Rat" begann der Staatsanwalt. „Sagen Sie von Anfang an die Wahrheit. Die Befragung wird dann viel kürzer und vor Gericht macht es für sie einen guten Eindruck wenn die Richter sehen, dass sie mit uns kooperieren, was sich letztlich auch auf die Höhe des Strafmasses auswirken kann. Sind wir uns soweit einig?"

„Ich werde die Wahrheit sagen" versprach er überzeugend.

„Dann wollen wir uns nicht mit langen Floskeln aufhalten und kommen direkt zur Sache" fuhr der Staatsanwalt fort. „Sind sie am vergangenen Montagabend in das Bootshaus bei Kilchberg eingebrochen?"

„Ja, das bin ich" antwortete der Angeschuldigte wahrheitsgetreu.

„Was wollten sie dort"? War die nächste Frage des Staatsanwaltes.

„Ich erhoffte mir dort etwas zu finden, das ich später zu Geld hätte machen können." Gab er unverblümt zu,

„Kannten sie den Eigentümer dieses Bootshauses oder hatten sie gar eine Abrechnung offen mit ihm"?

„Nein, keine Ahnung wem das gehört. Es schien niemand dort zu sein und so habe ich die Gelegenheit genutzt."

„Haben sie im Bootshaus etwas gestohlen?" blieb der Staatsanwalt hartnäckig.

„Nein, ich habe nichts gefunden, mit Ausnahme einer Flasche Wein. Davon habe ich mir ein paar Schlücke gegönnt. Das ist alles."

„Soll ich Ihnen sagen, weshalb sie nichts haben mitlaufen lassen? Weil sie beim Einbruch überrascht wurden!" versuchte René Pitoux sein Gedächtnis zu kitzeln.

„Das ist nicht wahr" erhob der Angeschuldigte seine Stimme. „Ich habe weit und breit niemanden gesehen. Es war schlicht nichts vorhanden das ich hätte stehlen können und deshalb bin ich wieder gegangen."

„Warum wollen sie es nicht zugeben? Die Sache ist ziemlich klar. Sie wurden überrascht und haben den Mann niedergeschlagen. Vielleicht wollten sie ihn ja nicht umbringen und haben sich einfach zur Wehr gesetzt. Leider ist die Sache dann eskaliert und sie haben den Mann totgeschlagen. Geben sie es zu. Vielleicht können wir dann einen Totschlag im Affekt herausholen, was für sie eine bedeutend niedrigere Strafe nach sich ziehen würde" warf ihm der Staatsanwalt als Zückerchen hin.

„Ich habe von Anfang an versprochen, die Wahrheit zu sagen. Warum glauben sie mir nicht?" Dabei sah man dem Angeschuldigten an, dass er sich ziemlich in die Enge getrieben fühlte.

„Weil die Beweislast gegen sie spricht. Es ist……"

Weiter kam er nicht mehr. Völlig unerwartet war Henri Schmutz aufgesprungen und mit einer Agilität die man ihm gar nicht zugetraut hätte, via Bürokorpus, mit seinem Hinterteil voran durch die Fensterscheibe gesprungen welche unter seinem Gewicht in tausend Stücke zersplitterte und weg war er.

Es dauerte einige Sekunden, bis sich der Staatsanwalt und sein Sekretär, von diesem Schock erholt hatten. Der Sekretär fasste sich am schnellsten und er rannte zum Hauptausgang. Draussen angekommen sah er ausser den Glasscherben weit und breit keinen Ganoven namens Henri Schmutz. Dieser schien wie vom Erdboden verschluckt. Der Sekretär lief noch bis zur Strassenkreuzung Stauffacher-/Ankerstrasse. Trotz intensivem

Suchens und Beobachtens der Umgebung, zeigte sich keine Spur des Flüchtenden. Ist es möglich, so schnell zu rennen? Immerhin waren es ca. 250 Meter bis zur nächsten Kreuzung mit der Badenerstrasse, fragte sich der Sekretär. Hat er vielleicht ein Auto angehalten und ist eingestiegen? Eine Antwort auf diese Fragen blieb er sich selbst schuldig. Erfolglos und mit hängenden Ohren musste er an seinen Arbeitsplatz zurück- kehren. Der Flüchtende blieb verschwunden.

*

Ohne mich vorher anzumelden betrat ich die Privatbank Unger. Ich verlangte, Stefan Hunold zu sprechen.

„Sind sie angemeldet?" wollte die Schalterdame wissen.

„Nein, aber ich hoffe er hat doch kurz Zeit für mich" antwortete ich.

Tatsächlich dauerte es nur wenige Minuten bis Herr Hunold die Schalterhalle betrat und mich zu sich in sein Büro bat.

Dem Büroinventar nach zu schliessen, musste es sich hier um ein Chefbüro handeln. Nachdem ich mich ausgewiesen hatte, bat mich Stefan Hunold, Platz zu nehmen am grossen, ovalen Tisch, der den linken Teil des grosszügigen Arbeitsraumes zierte.

„Darf ich wissen", begann ich, „welches Büro Ueli Moser zugeteilt war"?

„Warum interessiert sie das"? fragte er ungläubig.

„Ich will einfach alles über Herrn Moser in Erfahrung bringen und dazu gehört auch sein tägliches Umfeld. Wie er war, wie er sich einrichtete, was er für ein Mensch er ausserhalb des Geschäftslebens war etc. Die Einrichtung eines Arbeitszimmers sagt manchmal schon ziemlich viel über den Charakter eines Menschen aus." Fügte ich bei.

„Ausser ein paar Fotos und weiteren Kleinigkeiten, habe ich eigentlich alles so belassen, wie er es sich eingerichtet hatte" fuhr Stefan Hunold fort. „Wir befinden uns im Büro meines Vorgängers, Ueli Moser."

„Dann sind sie also jetzt der Chef dieser Abteilung"? Fragte ich interessiert. „Ist das definitiv oder vorübergehend?"

„Der oberste Chef im Hauptsitz hat mir schon vor mehr als einem Jahr gesagt, dass ich einmal in die Fusstapfen von Ueli Moser treten könne. Dies, obwohl Ueli nur knapp drei Jahre älter war als ich. Möglich, dass er Ueli für einen anderen Posten vorgesehen hatte. Durch sein unerwartetes und trauriges Ende ist dies nun schneller geschehen als wir alle erwartet hätten. Er tut mir so leid."

„Kennen Sie seine Familie?" wollte ich wissen.

„Am Rande. Kennen würde ich dies nicht nennen. Ich habe seine Frau zwei- dreimal gesehen als sie ihn abholte oder schnell im Büro vorbei kam. Dabei hatte sie einmal ihr Kind auf dem Arm. Ich bin mir nicht einmal sicher, ob ich die Frau auf der Strasse erkennen würde. Ich habe sie nur flüchtig gesehen."

Warum lügt er? Fragte ich mich. Die Frau des Getöteten hatte doch klar gesagt, dass sie sich gegenseitig sehr gut kennen und dass Stefan Hunold schon mehrmals bei ihnen zu einem Grillabend war. Sie sind ja sogar per Du untereinander. Dank meiner langen Erfahrung habe ich gelernt, mir in solchen Situationen nichts anmerken zu lassen. Mein Hirn jedoch speicherte solche Ungereimtheiten sofort. Ich liess den Banker weiter reden und stellte ihm unverfänglich meine Fragen. Der richtige Moment würde schon noch kommen, um ihn mit seiner Lüge zu konfrontieren.

„Was für ein Mensch war Ueli Moser?" gab ich mich weiter interessiert.

„Er war ein sehr exakter, fast pedantischer Chef. Man konnte es ihm selten recht machen. Er galt auch als Arbeitstier. Stets war er am Morgen der erste und am Abend der letzte, der das Haus verliess. Er war ziemlich verschwiegen und gab eigentlich nie etwas Privates preis. Obwohl uns allen sein Tod sehr nahe geht, kann ich nicht sagen, dass irgendjemand in unserer Abteilung wirklich traurig ist. Er war, ich glaube es sagen zu dürfen, nicht sehr beliebt bei seinen Untergebenen, weil er viel zu viel von ihnen verlangte und erwartete. Trotzdem, ein solches Ende hat ihm sicherlich niemand gewünscht. Haben Sie schon eine Ahnung, wer das gemacht haben könnte?" Wollte er noch wissen.

„Nein, leider nicht. Deshalb will ich so viel wie möglich über ihn und sein Umfeld heraus-finden." Mit diesen Worten verabschiedete ich mich und fuhr in mein Büro zurück.

*

Auf dem Rückweg machte ich mir allerhand Gedanken. Was ich soeben gehört hatte, liess in mir alle Alarmglocken schrillen. Warum sagt mir die Ehefrau des Verstorbenen, Stefan Hunold gehöre schon fast zur Familie, während der gleiche Stefan Hunold erzählt, er kenne die Familie, bzw. die Frau nur vom zwei- oder dreimaligen Sehen? Könnte es sein, dass die beiden ein Verhältnis haben welches Hunold zu vertuschen sucht? Irgendetwas stimmte hier nicht und ich schwor mir, dies heraus zu finden.

Auch war ich bisher der Meinung, dass es sich bei Ueli Moser um einen sehr beliebten Arbeitskollegen bzw. Vorgesetzten gehandelt hatte, während ich in der Bank eines Besseren belehrt wurde. Ich beschloss spontan, an der auf morgen Nachmittag angesetzten Beerdigung teil zu nehmen, als mich mein Handy aus den Gedanken schüttelte. Ich stellte die Freisprechanlage im Wagen auf Empfang und meldete mich. „Hallo Herr Buck", hörte ich die mit Schadenfreude getränkte Stimme meines Chefs. „Was habe ich gesagt? Henri Schmutz hat sich selbst als Täter des Mordes entlarvt! Er ist beim Staatsanwalt, während der Einvernahme, durchs geschlossene Fenster gesprungen und geflüchtet. Glauben sie mir nun endlich?" sagte er neckisch.

„Tut mir leid" musste ich ihn enttäuschen. „Die Flucht alleine genügt mir nicht als Beweis"

„Dann sagen sie mir doch bitte was für einen Grund er haben sollte, eine solch spektakuläre

Flucht zu veranstalten, wenn er nicht der Täter wäre und sich seiner Haut zu retten versuchte" wollte er weiter wissen.

„Henri ist Punkto Intelligenz gewiss keine Leuchte das wissen wir alle. Rundum versucht man ihm einen Mord in die Schuhe zu schieben, den er meines Erachtens nicht verübt hat. Vermutlich sah er keinen andern Ausweg, als die Flucht, da ihm niemand Glauben schenken wollte und er nicht mehr weiter wusste. Anders kann ich mir diese Verzweiflungstat im Moment nicht erklären." Gab ich ihm zu verstehen.

„Buck, sie sind und bleiben ein hoffnungsloser und unbelehrbarer Träumer". Wir werden Henri Schmutz wegen dringenden Mordverdachtes international zur Verhaftung ausschreiben, damit er sich auch nicht ins Ausland absetzen kann.

„Entschuldigung, wenn ich ihnen noch einmal widerspreche. Eine nationale Ausschreibung genügt völlig, da Schmutz absolut kein Geld besitzt um ins Ausland zu flüchten. Zudem kennt er sich nirgends aus. Er wäre schon ausserhalb des Grossraumes Zürich völlig verloren.

„Danke für den Ratschlag. Ich werde tun was ich für richtig halte". Damit beendete mein Chef das Gespräch.

*

Henri Schmutz blutete an beiden Händen. Glücklicherweise nicht so stark, dass ihn eine Blutspur verraten hätte. Er hatte sich beide Handrücken an der zerbrochenen Scheibe aufgekratzt. Nach dem Aufprall am Boden vor dem Gebäude der Staatsanwaltschaft hatte er sich blitzartig aufgerafft und war so schnell gelaufen wie noch nie in seinem verpfuschten Leben. Er bog in die Ankerstrasse ein und überquerte diese ohne auf den Verkehr zu achten. Nur dank der Vollbremsung eines reaktionsschnellen Autofahrers wurde er nicht überfahren. Er wurde von der vorderen Stosstange eines blauen VW Beetles noch leicht touchiert und verlor dabei fast das Gleichgewicht. Der Lenker des Wagens war so erschrocken, dass er nicht einmal mehr die Hupe betätigte. Henri jedoch beeindruckte das nicht. Er sah nur noch den offenen Fluchtweg vor sich und rannte, was die Beine und die Lunge hergaben. Ca. 150 Meter weiter vorn, sah er einige Abfallcontainer stehen und er warf sich dahinter. In gekauerter Stellung spähte er zwischen den Containern durch, in die Richtung, aus der er gekommen war. Er sah, wie der Sekretär des Staatsanwaltes kurz darauf, an der Strassenkreuzung auftauchte und in alle Richtungen schaute. Erst als sich der Mann wieder zurückgezogen hatte, traute er sich aufzustehen. In einem grossen Bogen ging er in Richtung Innenstadt, indem er mehrere Strassen zwischen sich und dem Gebäude der Staatsanwaltschaft liegen liess. Auf der Birmensdorferstrasse, kam ihm ein Polizeiwagen entgegen. Sein Herz hämmerte und es schien ihm in die Hosen zu rutschen. Er versuchte, so unauffällig wie möglich zu wirken und schaute offenbar interessiert in ein Schaufenster, wobei er in der spiegelnden Glasscheibe das angeschriebene Fahrzeug fixierte. Sein Puls beruhigte sich erst, als der Wagen weiter fuhr. Was sollte er nur tun? Er würde ab sofort überall gejagt, sobald er sich blicken liess. Sollte er sich freiwillig stellen? Damit würde er das Risiko einer mehrjährigen Haftstrafe auf sich nehmen, für einen Mord den er gar nicht begangen hatte. Niemand glaubte ihm seine Unschuldsbeteuerungen. Er war sich nicht einmal sicher, ob Franz Buck ihm glaubte. Dieser sollte ihn doch besser kennen. Trotzdem hatte er ihm die Frage gestellt, ob er den Mann umgebracht habe. Nach Hause konnte er auch nicht mehr, da ihn dort mit Sicherheit die Polizei erwartete.

Verzweifelt zog er quer durch die Stadt, ohne Grund und Ziel.

Mit zunehmender Dunkelheit fühlte er sich immer sicherer, obwohl er noch keine Ahnung hatte, wo er die Nacht verbringen würde. Die Kälte frass sich langsam durch seine dünnen Kleider. Schliesslich war er, als er zur Flucht ansetzte, nicht so gekleidet wie wenn er sich im Freien aufgehalten hätte. Es war ihm klar, dass er in diesem Aufzug, nur mit seinem dünnen Überzieher, die Kälte der Nacht, die unerbittlich nach seinem Körper griff, nicht überstehen würde. Wärmere Kleider holen in seiner Wohnung, das konnte er aus bekannten Gründen, auch nicht.

Er überlegte alle möglichen und unmöglichen Lösungen für sein akutes Problem, als ihm ein Blitzgedanke durch den Kopf schoss. Es gab Sammelstellen für gebrauchte Kleider in der Stadt. Dabei dachte er nicht an die einzelnen, aufgestellten Sammelcontainer, sondern an die Hauptsammelstellen der verschiedenen Organisationen selbst. Dort müsste doch irgendetwas zu machen sein. So schlenderte er in Richtung Kreis drei, wo er eine solche Sammelstelle kannte.

Rechts neben dem Fenster war eine Klappe angebracht, durch welche man gebrauchte Kleider durchschieben konnte. Links davon befand sich eine Türe die zum Raum führte, in welchem sich die eingeworfenen Kleider türmten. Als geübter Einbrecher, war es ihm ein Leichtes, das Türschloss zu knacken. Im Innern des Raumes konnte er sich nach Herzenslust bedienen. Von Winterjacken bis zur Unterwäsche war alles vorhanden was sein Herz begehrte. Plötzlich fuhr ein Auto vor und hielt genau vor der Sammelstelle an. Eine Frau stieg aus und kam auf das Geschäft zu. Er duckte sich hinter dem Kleiderhaufen, in der Hoffnung, nicht gesehen zu werden. „Gott hilf mir, dass das keine Angestellte des Hauses ist", schickte er ein Stossgebet zum Himmel. Sein Herz pochte zum x-ten Mal an diesem Tag, als ob es aus der Verankerung springen wollte. Trotz den herrschenden, tiefen Temperaturen und der leichten Kleidung, schoss ihm der Angstschweiss aus allen Poren. Er legte sich flach auf den Boden und verweilte dort, ohne sich nur ein klein wenig zu rühren. Dann hörte er das kreischende Geräusch, der sich öffnenden Kleiderklappe. Diese wurde wieder geschlossen und ein Kleidersack fiel in den Innenraum. Dann hörte er die Wagentür zuschlagen und das Auto setzte sich in Fahrt. Durch das Wenden des Fahrzeuges streifte das Schweinwerferlicht den gesamten Kleiderraum in welchem sich Henri Schmutz noch tiefer auf den Boden zu drücken versuchte. Erst als der Wagen den Vorplatz verlassen hatte und wieder Ruhe eingekehrt war, liess die Angst von ihm ab. Er richtete sich, noch immer am Boden sitzend auf, und atmete zuerst einmal tief durch. So versuchte er, seinen noch immer rasenden Puls zu beruhigen. Schnell suchte er sich passende warme Sachen aus und zog sie an, indem er acht gab, nicht zu nahe am Fenster zu stehen um von aussen nicht gesehen zu werden. Wichtig war ihm, keine Kleider mit grellen Farben auszusuchen, die ihn von weitem an jeden Polizisten verraten hätten.

*

Nach Feierabend begab ich mich ins Zürcher Niederdorf. In diesem Teil der Altstadt findet das gemütlichere Nachtleben statt, als im Langstrassenquartier im Kreis vier. Zwar gibt es auch da, unzählige Striplokale, üble Schnellimbisse und dunkle Spelunken, doch scheint die sich im Niederdorf aufhaltende Klientel, eher auf ein unterhaltendes Vergnügen ausgerichtet zu sein, als im Kreis vier wo die Gefahr, niedergeschlagen und ausgeraubt zu werden bedeutend höher ist.

Hier, in diesem Teil der Stadt hatte ich vor vielen Jahren die ersten Erfahrungen als Kriminalbeamter gesammelt. Mir wurde damals dieser bekannte Stadtteil als persönliches Unterrevier zugeteilt, welches ich kriminalpolizeilich zu betreuen hatte. Aus dieser Zeit waren mir noch sehr viele randständige Personen, Prostituierte und deren „Beschützer" sowie allerlei sonstige „schräge Vögel" bekannt. So auch Henri Schmutz den ich damals mehrfach in meinem Büro hatte wegen irgendwelcher Diebstähle und kleineren Einbrüchen. Ich hoffte, dass er sich nach wie vor in denselben Kneipen herum treiben würde wie damals. Natürlich hatten inzwischen viele Lokale den Besitzer oder den Betreiber gewechselt und die neuen Gesichter waren mir unbekannt.

Bei den wenigen Wirtsleuten die ich noch kannte, konnte ich in Erfahrung bringen, dass Henri Schmutz noch immer regelmässig hier verkehrte. Das war doch schon mal eine gute Nachricht. Ich wollte den Flüchtenden unbedingt finden, bevor ihn andere verhaften würden. Ich wollte mit ihm privat unter vier Augen reden und ich war mir fast sicher, dass er mir die Wahrheit sagen würde.

Den ganzen Abend bis gegen Mitternacht hielt ich mich im Niederdorf auf und ging von Kneipe zu Kneipe, ohne den gesuchten Henri Schmutz zu treffen. So beschloss ich, nach Hause zu gehen und mir doch noch eine Mütze voll Schlaf zu genehmigen. Morgen Abend würde ich, falls Henri Schmutz bis dahin noch nicht gefasst sein sollte, wieder den Abend im Niederdorf verbringen. Irgendwann, da war ich mir ganz sicher, wird Henri dort aufkreuzen.

*

Der morgendliche Regen hatte aufgehört und der Himmel befreite sich von den letzten Wolken. Angenehm war es trotzdem nicht, da ein eisiger Wind um alle Ecken pfiff. Es war wenige Minuten nach 14:00 Uhr, als ich mich, zusammen mit Alain Bayard, auf den Friedhof Enzenbühl begab, wo um 14:00 Uhr die Bestattung von Ueli Moser stattfinden sollte. Bewusst waren wir zu spät gekommen, denn wir wollten nicht unbedingt gesehen werden von der Trauergemeinde.

Getarnt als fremde Friedhofbesucher begaben wir uns in die Nähe der Beerdigung. Wir trennten uns und blieben einige Grabreihen von der versammelten Menge entfernt, stehen. Ich nahm eine herumstehende Giesskanne in die Hand und spielte den unbekannten Friedhofbesucher. Zwischen den Grabsteinen hindurch, hatte ich sehr gute Sicht auf die Trauernden ohne dass diese mich sofort sehen konnten.

Es war eine stattliche Anzahl Trauergäste die dem verstorbenen Banker das letzte Geleit gaben. Alleine der Anzahl Teilnehmer nach zu schliessen, musste es sich bei Ueli Moser entweder um eine sehr beliebte Person gehandelt haben oder er stammte aus einer Familie mit sehr viel Verwandten.

Ich erkannte einige Personen aus seinem Arbeitskreis, die ich bei meinem Bankbesuch schon einmal gesehen hatte. Die Witwe stand zuvorderst am Grab. Rechts von ihr ein älterer Mann. Ich schätzte, dass es sich um ihren Vater handeln könnte. Der Schwiegervater war ja bereits vor vier Jahren verstorben. Links von ihr, - mir blieb die Spucke weg – stand, ein offensichtlich enger Freund, der ihr die Hand hielt. Es handelte sich um niemanden anderen als um Stefan Hunold, den geschäftlichen

Nachfolger von Ueli Moser! Wie hatte dieser doch zu mir gesagt? *„Ich habe seine Frau zwei-dreimal gesehen als sie ihn abholte oder schnell im Büro vorbei kam. Ich weiss nicht einmal ob ich sie noch kennen würde"*

Ich hatte genügend gesehen und gab Alain ein Zeichen. Wir entfernten uns vom Friedhofareal. An der Forchstrasse, unmittelbar beim Eingang zum Friedhof hatten wir einen Parkplatz gefunden. Von hier aus konnten wir den ganzen Friedhofparkplatz überschauen und wir sahen jedes Fahrzeug das den Parkplatz verliess. Wir setzten uns deshalb in unseren unauffälligen Dienstgolf und warteten bis die Trauergemeinde den Friedhof verlassen hatte.

Einige Leute verabschiedeten sich vor der Friedhofmauer von den andern Trauergästen. Die andern stiegen in ihre Autos und alle fuhren in dieselbe Richtung weg. Wir gingen davon aus, dass sich diese Leute zum Leidmahl begaben. Wir schlossen uns der Kolonne der wegfahrenden Autos an und folgten den voran fahrenden. In der nahen Umgebung der Burgwies suchten alle einen Parkplatz. So konnten wir davon ausgehen, dass das Leidmahl wohl im Rest. Burgwies stattfinden würde. Wir fuhren an der

Tramhaltestelle Burgwies vorbei und kehrten ca. eine halbe Stunde später wieder dorthin zurück. Wir hatten für einmal das Glück auf unserer Seite. Gerade als wir ankamen, fuhr ein grauer Mercedes aus einem Parkplatz an der Waserstrasse, unmittelbar bei der Einmündung in die Forchstrasse. So konnten wir unseren Dienstwagen dort in der blauen Zone parkieren und hatten einen wunderbaren Ausblick auf den Eingang des Restaurants Burgwies.

„Was sollen wir jetzt tun?" fragte mich mein Walliser Kollege.

„Ich kann dir nicht genau sagen weshalb, aber ich folge einem Bauchgefühl und warte, bis die Leute aus dem Wirtshaus kommen. Dann sehen wir weiter" klärte ich ihn auf.

„Und was erhoffst du Dir davon?" wollte er wissen.

„Wie gesagt, es ist ein reines Bauchgefühl. Ich weiss nicht was ich mir erhoffe. Eine innere Stimme rät mir dazu. Ob ich irgendetwas dabei herausfinde, kann ich dir im Moment bei bestem Willen nicht sagen. Wenn du etwas vor hast oder es dir zu lange geht, kannst du ruhig nach Hause gehen. Ich kann auch alleine hier bleiben."

„Nein, sicher nicht", fügte Alain fast entschuldigend bei. „Ich bin im Dienst und bleibe hier. Ich habe auch nichts vor heute abend".

Wir warteten beinahe zwei Stunden bis die ersten Gäste aus dem Lokal kamen. Ihnen folgten auch kurz darauf alle andern. Als letzte kamen Anita Moser und Stefan Hunold heraus. Die beiden bestiegen einen schwarzen BMW 730 und wir beschlossen, dem Wagen in sicherem Abstand zu folgen. Von unterwegs erhoben wir den Besitzer des Fahrzeuges aufgrund des Kontrollschildes. Es zeigte sich, dass der Wagen auf die Bank Unger eingelöst war.

Wie vermutet, fuhren die beiden an die Zürichbergstrasse, zur Wohnung der Familie Moser. Der Wagen bog in die Tiefgarage ein und verschwand. Als nach 20 Minuten noch niemand heraus kam, mussten wir davon ausgehen, dass die beiden mit dem Lift, direkt in die Wohnung gefahren waren.

Alain und ich beschlossen, uns zu trennen. Ich wollte den Abend unbedingt im Niederdorf verbringen und nach dem gesuchten Henri Schmutz Ausschau halten. Andererseits interessierte mich aber auch, wie lange Stefan Hunold wohl bei der Witwe bleiben würde.

Alain Bayard anerbot sich, hier zu bleiben und das Haus im Auge zu behalten.

*

Henri Schmutz schlug sich den ganzen Tag irgendwo in der Stadt herum. Die Nacht zuvor hatte er in einem Schrebergartenareal an der Gutstrasse in einem Gartenhaus verbracht, in welches er eingebrochen war, um so wenigstens von Wind und Regen geschützt, einigermassen schlafen zu können. Glücklicherweise fand er in diesem Gartenhaus auch noch eingelagerte Äpfel mit welchen er seinen Hunger und Durst ein wenig stillen konnte. Nun war er schon den ganzen Tag auf den Beinen und das Hungergefühl begann seinen Magen zu bearbeiten. Was sollte er tun? Er hatte kein Geld auf sich und irgendetwas zu stehlen brachte ihn auch nicht weiter, da er die gestohlenen Sachen nicht sofort in Geld umsetzen konnte. Der Gedanke, einen Esswarendiebstahl in einem Laden zu begehen versuchte sich in seinem Kopf festzusetzen. Aber was, wenn er dabei erwischt würde? Nein, dieses Risiko konnte er nicht auf sich nehmen. Er besann sich auf die alte Bekanntschaft mit Paul Gwichtig, dem gutmütigen Wirt aus dem Niederdorf. Dieser würde ihm bestimmt auf

Kredit etwas zu essen geben, wenn er ihm irgendeine Geschichte auftischte. Henri Schmutz beschloss deshalb, ins Niederdorf zu gehen und bei Paul Gwichtig vorbei zu schauen. Er dachte sich eine Geschichte aus, die er ihm erzählen würde, von wegen, er sei überfallen worden und das Geld sowie die Wohnungsschlüssel seien ihm geklaut worden. Irgendetwas in dieser Richtung würde ihm dann schon einfallen.

*

Ich begab mich in Richtung Altstadt auf der rechten Flussseite der Limmat und beschloss, mich erneut in denselben Lokalen um zu schauen, wie gestern. So kam ich auch beim Lokal von Paul Gwichtig vorbei. Er war einer der wenigen Wirte, welche ich noch von meiner Revierzeit her kannte. Ich suchte mir einen Platz aus mit Sichtkontakt zur Eingangstüre. Ich bestellte ein Getränk und wartete. Dieses Lokal im Niederdorf, das wusste ich, war früher, eines der meistbesuchten Restaurants von Henri Schmutz. Es war ziemlich düster hier drinnen sodass sich die Augen, wenn man zur Türe herein kam, zuerst an die Dunkelheit gewöhnen mussten, bis man alles sah. Es handelte sich um ein typisches, alteingesessenes Niederdorflokal. Darin verkehrten, in friedlichem Einklang, angefangen bei den Prostituierten, über Zuhälter, Gauner sämtlicher Schattierungen, aber auch gewöhnliche Arbeiter bis hin zu Direktoren. Der Wirt hatte seine Gäste im Griff. Wenn sich einer nicht ordentlich aufführte, dann kam Paul Gwichtig mit seiner hünenhaften Gestalt persönlich an den Tisch und setzte den Unruhestifter an die frische Luft. Die Polizei brauchte er dazu nie. Alleine durch seine Erscheinung, flösste er genügend Respekt ein, sodass sich keiner wagte, ihm zu widersprechen.

Seit beinahe einer Stunde sass ich nun da und hatte meine Zeche bereits bezahlt. Ich beschloss, in ein anderes Lokal zu wechseln, als die Türe geöffnet wurde und eine kleine, rundliche Gestalt im Türrahmen erschien. Das dunkle Lokal und die helle Aussenbeleuchtung liessen nur die schwarzen Umrisse der hereinkommenden Gäste erkennen. Trotzdem erkannte ich sofort in der kleinen, rundlichen Gestalt, Henri Schmutz. Ich liess ihn zuerst eintreten bevor ich mich zu ihm hin begab. Ich war noch ca. drei Meter von ihm entfernt, als er Fersengeld gab und unverhofft, wie von einer Tarantel gestochen, wegrannte. Ich spurtete ihm nach, die Niederdorfstrasse hinunter, wobei ich acht geben musste, um mit meinen feinen, mit Leder besohlten Schuhen, auf dem teilweise nassen Kopfsteinpflaster, nicht auszurutschen. Nach ca. 200 Metern hatte ich den Flüchtenden eingeholt und gestellt.

„Was soll das? Fragte ich ihn. Vertraust Du mir überhaupt nicht mehr?"

„Ich würde ja gerne, aber Du hast mich ja auch gefragt, ob ich den Mann umgebracht hätte" gab er kleinlaut von sich.

„Das musste ich doch fragen in dieser Situation. Verstehst Du das nicht? Es hätte ja sein können, dass Du etwas gesehen hättest."

„Ich habe nichts gesehen und ich weiss nichts" fügte er bei. „Das einzige was ich weiss ist die Tatsache, dass ich am verhungern bin und keinen Rappen Geld bei mir habe." Es war mir, als stiegen bei meinem Gegenüber kleine Tränen in die Augen.

Ich begleitete ihn ins Lokal zu Paul Gwichtig zurück und bat den Wirt, ihm etwas aufzutischen.

Während er seine Bratwurst mit Pommes verschlang, redete ich ihm zu. Ich sagte ihm, dass ich ihn nun der Polizei zuführen müsse und er gefälligst in Zukunft solche

Fluchtversuche unterlassen solle. „Ich glaube an deine Unschuld und ich werde alles daran setzen, dies zu beweisen und den richtigen Mörder einzusperren. Wenn du aber weiterhin solche blöden Fluchtversuche unternimmst, wie soll dir noch jemand glauben, dass du nicht der Täter bist? Mit solchen Unterfangen beschuldigst du dich ja selbst. Was hast du dir dabei eigentlich gedacht? Glaubst du etwa, du könntest für immer vor der Polizei flüchten oder was? Zu deinem eigenen Wohl sage ich dir, lass solche idiotischen Versuche, sonst kann ich für nichts garantieren. Auch wenn du es nicht gewesen bist, so bist du trotzdem wegen Mordverdacht ausgeschrieben. So einer Person begegnet man als Polizist ganz anders als einem Ladendieb. Verstehst du was ich meine"? Er schaute mich mit grossen Augen an, als verstehe er die Welt nicht mehr. „Du bist als gefährlicher Mann ausgeschrieben und die Polizei begegnet solchen Leuten mit der gewissen Vorsicht, d.h. die Pistole steckt da viel lockerer im Halfter und sie kommt viel schneller zum Einsatz als dir lieb sein könnte. Hast du mich verstanden?" Ich hielt ihm bewusst diesen Vortrag und versuchte, ihn ein wenig einzuschüchtern, was mir offensichtlich gelang. „Du hast ja recht, ist schon gut. Ich werde in Zukunft nicht mehr flüchten, ich verspreche es. Aber du musst schauen, dass ich bald heraus komme." Fügte er bei.

Nachdem ich seine Rechnung bezahlt hatte, begleitete ich Henri Schmutz zum Polizeiposten beim Rathaus, wo die Beamten den Verhaftsrapport erstellten und den Gesuchten in Gewahrsam nahmen.

*

Anita Moser schloss die Wohnungstür auf und betrat zusammen mit Stefan Hunold das prächtig eingerichtete Appartement. Sie deponierte die Schlüssel auf dem Sideboard beim Eingang und dann umarmten sich die beiden stillschweigend. Sicher während drei Minuten standen sie so, engumschlungen, im Hausflur. Dann lösten sie sich von einander und zogen erst mal die Mäntel aus.

„Magst Du auch einen Drink?" fragte Stefan Hunold die junge Witwe wobei er sich selbstsicher zur Bar begab, als wäre er hier zu Hause. Er schenkte zwei Gläser mit Whisky ein und überreichte eines davon Anita Moser. Die beiden prosteten sich zu und genehmigten sich einen kräftigen Schluck. Danach setzten sie sich auf das in feinem, schwarzem Leder überzogene Sofa. Anita Moser legte ihren Kopf an seine Schulter und zusammen begannen Sie über ihre Zukunft zu beraten.

„Wir müssen nun einen klaren Kopf behalten und der Realität ins Auge sehen" begann Stefan Hunold das Gespräch. „Ueli ist tot und du bist auf einen Schlag frei, ohne dass du dich in irgendwelche verbalen Kämpfe vor Gericht usw. einlassen musst. Du kannst dem Mörder, ob er nun gefasst wird oder nicht, eigentlich dankbar sein. Das ist deine und unsere Chance. Lass uns ein komplett neues Leben anfangen."

„Wie stellst du dir das vor?" wollte sie wissen.

„Ich habe ein Angebot aus Dubai bekommen und ich könnte dort schon morgen in der Börsenabteilung einer grossen arabischen Bank anfangen. Sie stellen mir ein Haus und einen Wagen zur Verfügung. Die Krankenkasse wird ebenfalls übernommen und ich würde trotzdem noch fast das Doppelte verdienen wie hier. Wir könnten zusammen mit unserem Sohn ein Traumleben aufbauen. Denis kann dort in eine Schweizer Schule gehen und wir wären auf einen Schlag sämtliche Sorgen los. Es braucht nur ein wenig Mut um den ersten Schritt zu tun. Gib dir einen Ruck und der Traum kann beginnen" versuchte er Anita Moser von seiner Idee zu begeistern.

„Das geht mir alles etwas zu schnell. Ich brauche erst mal Zeit, um mit mir selbst ins Reine zu kommen. Es ist in den letzten Tagen so viel passiert. Ich muss das alles zuerst irgendwie verarbeiten." Versuchte sie ihn in seiner Euphorie zu bremsen.

„Das verstehe ich ja. Ich weiss auch, dass sehr viel auf dich zugekommen ist in den vergangenen Tagen." Gab er sich verständnisvoll. „Du hast Zeit, dich zu entscheiden, aber wart nicht zu lange, denn die Stelle in Dubai bleibt nicht für immer frei."

„Auch wenn wir uns nicht richtig geliebt haben, so tut mir Ueli halt doch irgendwie leid." gestand sie. „Ein solches Ende hat er wirklich nicht verdient", liess sie ihn an ihren Gefühlen teilhaben. „Es ist zwar richtig, dass mir durch seinen Tod viel erspart bleibt, zumal er ja kürzlich von unserem Verhältnis erfahren hat. Ihm einzugestehen, dass Denis nicht sein Junge ist, wäre mir trotzdem sehr, sehr schwer gefallen. Er liebte und vergötterte den Kleinen wirklich. Noch hatte er nicht bemerkt, dass dir der Kleine immer ähnlicher sieht. Er ist dir ja schon fast wie aus dem Gesicht geschnitten. Eines Tages, da bin ich mir sicher, wäre die Frage aufgetaucht. Eigentlich erstaunlich, dass er nicht schon längst dahinter gekommen ist.

Ueli und ich sind beide dunkelhaarig und der Kleine hat deine blonden Haare. Auch das ausgeprägte Muttermal auf der linken Halsseite hätte ihn stutzig machen müssen. Ich weiss nicht, ob er nicht schon etwas vermutet hat." sprach sie gedankenverloren.

„Was macht das schon. Es ändert jetzt nichts mehr an der Tatsache, dass Ueli tot ist und wir einen Neuanfang beginnen können." Versuchte Stefan Hunold erneut die junge Witwe zu drängen.

Die beiden sprachen noch bis spät in der Nacht miteinander, wobei sich das Thema immer um den gleichen Punkt drehte.

Es war schon benahe 23:00 Uhr, als Stefan Hunold sagte: „Ich will, dass wir ab sofort, so viel Zeit wie möglich, zusammen verbringen. Ich will immer für dich da sein. Ich werde auch heute Nacht hier bleiben."

„Ich weiss nicht, ob das so eine gute Idee ist. Du weißt ja, die Leute reden viel und ich möchte ihnen keinen unnötigen Gesprächstoff liefern. Ich denke, es wäre besser wenn du nach Hause gehen würdest." Beim letzten Satz fehlte es jedoch an innerer Überzeugung und das spürte auch Stefan Hunold. Er nutzte die Situation aus, indem er mit seiner rechten Hand an ihren Hinterkopf griff und sie zu sich zog. Wie von Geisterhand öffneten sich ihre Lippen, als die beiden Gesichter sich näherten. Mit einem innigen Kuss besiegelten die beiden den vergangenen Tag und die Tatsache, dass Stefan Hunold bei der jungen Witwe seines bisherigen Chefs die kommende Nacht verbringen würde.

*

Die Zeiger meiner Armbanduhr rückten bereits gegen 23:30 Uhr, bis ich Henri Schmutz der Polizei übergeben hatte und die nötigen bürokratischen Arbeiten erledigt waren. Trotz der späten Stunde, rief ich Alain Bayard an. Ich wollte von ihm wissen, was sich bei der Wohnung von Frau Moser inzwischen zugetragen hatte.

„Vor einer Viertelstunde wurde in deren Wohnung das Licht gelöscht." Setzte mich mein Kollege über die neuesten Ereignisse in Kenntnis. „Ich dachte mir, er würde kurz darauf aus der Garage oder zu Fuss aus dem Haus kommen, doch hat sich seitdem nichts mehr bewegt. Ich muss wohl davon ausgehen, dass dieser Hunold die Nacht tatsächlich bei Frau Moser verbringt."

„Das ist ja sehr interessant." Gab ich meinen Kommentar dazu. „Wenn man bedenkt, dass

Hunold die Frau nicht kennen will, so scheint mir, geht die Anteilnahme und die Trauerverarbeitung doch ein bisschen weit. Was hältst du davon?" Wollte ich von ihm wissen.

„Dieselben Gedanken habe ich mir auch gemacht." Gab mir mein Kollege zur Antwort. „Irgendwie sollten wir unser Wissen ausnützen. Wie wäre es, wenn wir morgen früh hier vor dem Haus warten bis Hunold herauskommt und ihn dann fragen, was er schon zu so früher Zeit hier mache?" Tat Alain seine Überlegung kund.

„Du hast Recht. Wir müssen diesen Wissensvorsprung ausnützen. Ihn vor dem Haus abzufangen, finde ich jedoch ein wenig plump. Ich werde mir etwas überlegen und ich bin überzeugt, dass uns noch eine bessere Idee kommen wird. Fahr jetzt nach Hause. Ich wünsche Dir eine gute Nacht. Wir sehen uns dann morgen im Büro". Mit diesen Worten beendete ich unser Telefongespräch.

Ich bestieg ein Taxi und liess mich zum Kripogebäude chauffieren, wo mich in der Tiefgarage mein Motorrad erwartete.

*

„Hast du dir schon überlegt, was wir tun könnten um diesem Hunold ein wenig auf die Füsse zu trampeln?" Fragte mich mein Kollege Alain als ich am nächsten Morgen unser gemeinsames Büro betrat.

„Ich habe nicht gut geschlafen letzte Nacht. Ich habe mir tatsächlich viele Möglichkeiten überlegt und ich glaube die Beste ist, wenn wir diesen Hunold hierher vorladen und noch einmal exakt zu allen Details befragen." Gab ich meinem Kumpel zur Antwort.

Auch er war damit einverstanden und so beschlossen wir gemeinsam, den Mann schriftlich vorzuladen.

Es dauerte genau zwei Tage, bis mich morgens um 09:00 Uhr ein Anruf von Stefan Hunold erreichte. Er war sehr aufgebracht und schien offensichtlich nervös.

„Was soll das"? Begann er sein Gespräch. „Sie laden mich einfach vor mitten am Tag, und das unter der Woche? Was glauben sie, wer sie sind? Ich habe zu arbeiten und ich muss etwas tun um mein Geld zu verdienen. Ich werde nicht von den Steuern bezahlt wie sie. Ausserdem habe ich schon alles gesagt was ich weiss, ich wüsste nicht, was ich noch zufügen könnte. Sie können mich abends oder am Wochenende vorladen aber unter der Woche werde ich bestimmt nicht zu ihnen kommen. Da habe ich Wichtigeres zu tun. Haben wir uns verstanden?"

Diesen letzten Satz hätte er nicht zufügen sollen. Der schmeckte mir nämlich gar nicht. Ich habe eine dicke Haut und auch schon viel erlebt und kann einiges einstecken. Wenn jemand sich aber befugt fühlt, mir Anweisungen und dann noch in diesem Ton zu geben, dann gerät mir dies in den falschen Hals.

Wäre er anständig geblieben, dann hätte ich durchaus mit mir reden lassen und eventuell den Termin verschoben. Wenn sich einer aber so aufbläst wie dieser Hunold, dann komme ich ihm bestimmt nicht entgegen. Ich blieb zwar äusserlich ruhig und sagte ihm mit knappen Worten:

„Es bleibt ihnen überlassen, ob sie zum angegebenen Zeitpunkt kommen wollen oder nicht. Ich mache sie jedoch darauf aufmerksam, dass ich sie abholen lasse, sollten sie der Vorladung keine Folge leisten. Aus diesem Grund ist es jetzt an mir, sie zu fragen; haben wir uns verstanden?" Die letzten vier Worte sagte ich stakkato mässig und ziemlich laut.

„Wir werden sehen" war das einzige, was er noch beifügte, dann legte er auf.

*

„Gehen wir das Ganze noch einmal der Reihe nach durch" sagte ich zu Alain. „Wir haben zwei Verdächtige, Reto Halder und Henri Schmutz, dazu noch einen undurchsichtigen Typen namens Hunold. Reto Halder und Henri Schmutz könnte man ein Motiv zuordnen, doch irgendetwas in mir sträubt sich dagegen, einen dieser beiden als Täter anzusehen. Stefan Hunold scheint mir suspekt, doch fehlt bei ihm, ausser seinem heimlichen Verhältnis mit Anita Moser, jegliches Motiv, zumindest bis zum heutigen Wissenstand. Auch traue ich ihm alleine von seiner körperlichen Verfassung her, keinen so brutalen Mord zu. Oder glaubst du, dass diese halbe Portion in der Lage ist, so massiv zuzuschlagen?"

Alain überlegte einen Moment. Dann sagte er: „Man weiss nie. Wenn die Wut gross genug ist, dann entwickelt mancher Kräfte, die ihm niemand zugetraut hätte. Vielleicht hatten die beiden ja einen fürchterlichen Streit miteinander, und dieser Streit wird uns jetzt verschwiegen."

„Und sonst", überlegte ich weiter. „Wer könnte ausser diesen dreien noch in Frage kommen? Wer wusste, dass Ueli Moser an diesem Abend noch zu seinem Bootshaus gehen würde? Wer hatte einen Grund ihn umzubringen? Versteckt sich hinter dem Opfer noch irgendetwas das wir noch nicht wissen? Oder müssen wir unsere Fahndung auf einen Irren ausrichten der wahllos, den erst besten erschlagen hat der ihm über den Weg gelaufen ist? Ich glaube, wir müssen uns noch einmal intensiv mit Ueli Moser und dessen Umfeld beschäftigen.

„Vielleicht gibt es ja noch andere Leute denen es genau gleich ergangen ist wie Reto Halder. Leute die auch keinen Kredit mehr bekommen haben." Murmelte Alain mehr als er es aussprach.

„Das ist sicher eine Idee die wir weiterverfolgen sollten" antwortete ich ihm. „Um dies zu erfahren, bedarf es allerdings einer richterlichen Verfügung, sonst können wir das Bankgeheimnis nicht knacken. Ich werde jetzt sofort versuchen, bei der Staatsanwaltschaft eine Verfügung zu erlangen, damit uns alle Personen und Firmen mitgeteilt werden, deren Kreditgesuch in den letzten ca. sechs Monaten abgelehnt wurde. Du hast recht, wer weiss, vielleicht stossen wir so plötzlich auf einen Verdächtigen."

„Was würdest du nur tun, wenn du mich nicht hättest!" stichelte mein junger Kollege grinsend.

„Och weisst du", blieb ich ihm nichts schuldig, „wie sagt das Sprichwort doch so treffend? Auch ein blindes Huhn findet mal ein Körnchen."

Augenblicklich begann ich den Antrag an die Staatsanwaltschaft zu schreiben, worin ich um eine Editionsverfügung bat, in diesem Falle das Bankgeheimnis zu lüften und uns die betreffenden Namen mitzuteilen.

*

„Hallo Schatz, wie geht es dir"? Hauchte Stefan Hunold mit klebrig süsser Stimme in den Hörer. „Träumst du auch schon von Dubai? Ich stelle mir schon vor, wie wir zusammen im Schatten liegen und die Füsse im kühlen Swimmingpool plantschen". „Hör auf mit den Phantastereien. Ich bin wirklich noch nicht so weit, dass ich hier einfach alles hinter mir lassen und zu diesen Arabern hinunter fliegen könnte. Ich glaube, dafür bin ich die falsche Frau. Da musst du dir jemand anderen suchen." Fügte sie noch bei. „Ich verstehe", versuchte er die Frau zu beruhigen, „es war alles ein wenig zuviel für dich. Aber wer weiss, vielleicht ist es ja gerade diese Veränderung die du brauchst um über alles Erlebte hinweg zu kommen. Komm, wir fliegen doch einfach mal hin und schauen uns die Situation vor Ort an. Danach können wir immer noch entscheiden, ob wir ausreisen wollen oder nicht." Insgeheim hoffte Stefan Hunold natürlich, die Frau die er glaubte zu lieben, in Dubai selbst, mit all den orientalischen Schönheiten aus 1000 und einer Nacht, beeindrucken zu können und ihr eine Ausreise aus der Schweiz schmackhaft zu machen. Er war sich sicher, dass er im richtigen Moment die passenden Worte finden würde. „Ich weiss nicht." War ihre unsichere Antwort.

Übrigens, ich muss dir etwas sagen, fügte er bei. Ich muss zur Polizei. Dieser Buck hat mich vorgeladen und zwar in einem Ton, den ich mir nicht einfach gefallen lasse. Das schwöre ich dir. Was glaubt dieses billige Polizistlein eigentlich, wen er vor sich hat? Immerhin bin ich im obersten Kader einer renommierten Bank tätig." Ereiferte er sich. „Aber du wirst sehen, ich werde diesen aufgeblasenen Beamten von seinem hohen Ross herunter holen. Ich bin schon mit ganz andern Kalibern fertig geworden. Er wird es noch bereuen, mir so gekommen zu sein, das kann ich dir garantieren. Zudem beabsichtige ich meinen Anwalt mitzunehmen. Bei dessen Anblick wird dieser Buck ganz klein hinter seinem Schreibtisch hervorschauen, das bin ich mir sicher." „Was hat er denn gesagt? Was will er noch von Dir?" Fragte Frau Moser ängstlich. „Du hast doch nicht etwa etwas mit diesem Mord zu tun Stefan? Bitte, sag mir die Wahrheit. Hast Du etwas mit der Sache zu tun?" „Nein, sicher nicht! Wo denkst Du hin? Wahrscheinlich wissen sie im Mordfall einfach nicht weiter und beginnen die ganze Fragerei noch einmal von vorne, in der Hoffnung auf etwas zu stossen. Ich bin mir sicher, ich werde nicht viel Zeit brauchen bei der Polizei, und werde schon die richtigen Worte finden um diesen penetranten Beamten in die Schranken zu weisen. Beruhige Dich nur, es kommt alles gut. Ich weiss auch nicht was er von mir noch will. Ich wüsste nicht, was ich ihm noch weiter sagen könnte. Mach Dir um Himmels Willen keine Sorgen. Schau nach vorne und versuche Dir vorzustellen, wie schön wir es in Dubai haben könnten." Mit diesen Worten beendete Stefan Hunold das Gespräch.

*

Wie ich es mir gedacht hatte, erschien Stefan Hunold auf meine Vorladung pünktlich in unserem Büro. In seiner Begleitung war ein nicht sehr grosser, jedoch ziemlich kräftig gebauter Mann. Seine mit Haar Gel verklebte Frisur glänzte im Schein der Deckenbeleuchtung. Der Mann hatte eng zusammenliegende Augen und dicke, schwarze Augenbrauen. Er trug einen Nadelstreifenanzug in dunklem Grau und an seiner rechten Hand hing eine abgegriffene, lederne Mappe. Jeder, auch unerfahrenste Mensch, musste diesem Unbekannten auf den ersten Blick seinen Beruf ansehen. Es handelte sich zweifelsfrei um einen Anwalt. Die beiden wurden durch einen jungen, uniformierten Beamten zu meinem Büro geführt. Auf sein Klopfen und mein „Herein", öffnete der Polizist die Türe.

„Diese beiden Herren möchten gerne zu Dir." Sagte der Polizist und verabschiedete sich gleich wieder.

„Das ist mein Anwalt, Herr Büenzli." Stellte mir Stefan Hunold seinen Begleiter vor. Da Sie beginnen, sich ziemlich nervig und aufsässig in mein Leben zu mischen, habe ich es vorgezogen, mich durch meinen Anwalt begleiten zu lassen."

Aufgrund dieser Reaktion musste ich davon ausgehen, dass ihm das gestrige Telefonat auf den Magen geschlagen hatte. Hatte er gar ein schlechtes Gewissen oder wollte er mir einfach etwas verheimlichen? Der Anwalt überreichte mir seine Visitenkarte und ich bat die beiden, Platz zu nehmen.

„Das ist Ihr gutes Recht." Sagte ich. „Obwohl ich den Grund eigentlich nicht einsehe. Das könnte in mir ja beinahe den Eindruck erwecken, als hätten Sie etwas zu verbergen."

„Sicher nicht. Ich wüsste nicht was es da zu verbergen gäbe." Antwortete er selbstsicher.

„Wie dem auch sei, lassen wir das." Beruhigte ich ihn. „Ich wollte Sie eigentlich nur ein wenig ausfragen über Ihren Vorgänger und dessen Umfeld, weil wir noch immer keine Ahnung haben, was am fraglichen Abend, bzw. in der damaligen Nacht genau abgelaufen ist. Wir erhoffen uns einige Aufschlüsse, wenn wir das Leben von Ueli Moser so genau wie möglich durchleuchten. Vielleicht stossen wir auf weitere Personen, die ein Motiv haben könnten, den Mann umzubringen."

„Ja, gut dass Sie mir das sagen. Wenn ich mich richtig erinnere, es war so vor ca. drei oder vier Wochen, da erschien Ueli Moser eines Morgens im Büro und er trug, entgegen seiner

Gewohnheit, eine Sonnenbrille, obwohl es gar nicht ausgesprochen schönes Wetter war. Auf meine Frage was das solle, zeigte er mir sein Auge das völlig blutunterlaufen war. Er hat mir gesagt, er sei gestolpert und mit dem Kopf gegen ein Treppengeländer gefallen. Es wurde aber dann bald einmal hinter vorgehaltener Hand getuschelt, er sei in einen Hinterhof gezerrt und zusammengeschlagen worden. Er selbst hat nie etwas darüber erzählt und ich habe mich, wenn ich ehrlich bin, auch nicht sonderlich dafür interessiert. Vielleicht hatte er etwas zu verbergen oder er wollte nicht, dass wir den Hintergrund dieser möglichen Abrechnung oder was es auch immer sein mochte, erfahren." Fügte er bei. „Vielleicht können wir ja auch nicht gänzlich ausschliessen, dass er ein Doppelleben führte. Wer weiss das schon? So gut kannte ich ihn auch wieder nicht. Er war mein Vorgesetzter, und auf dieser Stufe blieb es. Wir waren nicht verfeindet, aber als gute Freunde kann man uns wahrlich auch nicht bezeichnen." Gab er mir zu verstehen. „Was wollen Sie damit sagen?" Hakte ich nach. „Hatten Sie Probleme mit Ihrem Vorgesetzten?"

„Probleme würde ich das nicht nennen. Wir hatten einfach das Heu nicht auf derselben

Bühne wie man so schön zu sagen pflegt. Das soll ja vorkommen in einem Geschäft." Fügte er noch an.

„Und was, bitte schön, hat das mit diesem Tötungsdelikt zu tun? Sie wollen doch nicht ernsthaft meinen Mandanten verdächtigen, wegen diesen Meinungsverschiedenheiten seinen Vorgesetzten umgebracht zu haben oder?" Es schien mir, als versuchte der Rechtsanwalt mit dieser Äusserung auf sich aufmerksam zu machen. Bisher sass er unbeteiligt neben seinem Klienten. Vielleicht wollte er diesem damit auch nur imponieren. Was auch immer. Ich schenkte seinem Einwand keinerlei Beachtung. Zu blöd schien mir diese Frage.

„Wie sieht es mit seinen Kunden aus?" fuhr ich mit meinen Fragen weiter. „Wir wissen, dass er von Reto Halder am Tag vor seinem Tod zusammengeschlagen wurde. Gab es eventuell auch schon früher ähnliche Fälle bei denen sich jemand ungerecht behandelt fühlte und ihm eventuell Rache schwor?"

„Es gibt immer wieder Leute die glauben, eine Bank sei ihr eigenes, persönliches Portemonnaie das sie unerschöpflich anzapfen könnten. Wenn man dann einen Riegel schieben muss, dann fühlen sich diese Leute betupft und unzufrieden. Wenn ich Ihnen aber einen Tip geben darf, dann stehen sie doch diesem Reto Halder ein wenig auf die Füsse. Bei ihm habe ich wirklich ein ungutes Gefühl. So wie der ausgerastet ist, würde ich ihm jederzeit einen Mord zutrauen. Eine andere konkrete Person kommt mir jetzt leider nicht in den Sinn." Fügte er noch an.

„Hatte Herr Moser eine persönliche Sekretärin die uns allenfalls noch Hinweise geben könnte?" Fragte ich weiter.

„Nein" schoss es förmlich aus seinem Munde. „Wir haben Schreibkräfte in unserer Abteilung die man zuziehen kann, wenn man einen Brief oder ein Diktat oder das Protokoll einer Sitzung zu schreiben hat. Eine persönliche Sekretärin hatte er aber keine. Auch ich habe keine eigene Sekretärin. Ich kann mir nicht vorstellen, dass Ihnen eine dieser Angestellten irgendwie weiter helfen könnte."

Bei mir schlich sich das seltsame Gefühl ein, als wolle er verhindern, dass ich weitere Recherchen am Arbeitsort unternehme.

„Der Vollständigkeit halber muss ich auch Sie fragen: Wo waren Sie in der Tatnacht zwischen 20:00 und ca. 02:00 Uhr?" stellte ich die routinemässige Frage.

„Was soll das? Bin ich jetzt verdächtigt oder was? Beat, sag doch auch mal was!" wandte er sich hilfesuchend an seinen Anwalt. „Muss ich diese unverschämte Frage beantworten? Ist das nicht Privatsache wo ich meine Nächte verbringe?"

„Du musst gar nichts." Gab ihm der Anwalt zur Antwort. „Allerdings würdest Du Dir mit der Verweigerung der Aussage keinen Dienst erweisen, zumal Du ja nichts zu verbergen hast".

„Es ist mir trotzdem peinlich", sagte er nach kurzer Überlegungszeit. „Wie Sie wissen, bin ich ledig und brauche halt auch mal zwischendurch eine Entspannung. Ich bin schliesslich auch nur ein Mann."

„Herr Hunold", versuchte ich ihn zu beruhigen. „Wir ermitteln hier in einem Mordfall und dabei interessiert uns Ihr Sexualleben herzlich wenig. Die Aussage hier wird auch nicht publik gemacht. Sie können demzufolge beruhigt sein. Ich frage Sie nun noch einmal; wo haben sie die Nacht vom Montag auf Dienstag letzter Woche verbracht?"

Unruhig begann er auf seinem Stuhl hin und her zu rutschen. Die Aussage schien ihm wirklich peinlich. Schliesslich äusserte er sich mit leiser Stimme: „Ich ging nach der Arbeit noch ein Bier trinken an der Langstrasse. Aus dem Bier wurden drei oder vier. Ich hatte danach Gesellschaft von verschiedenen Mädchen an der Bar und mit einem dieser Mädchen bin ich schliesslich ins Séparée gegangen. Anschliessend, es war vielleicht 23:00 Uhr, rief ich ein Taxi und liess mich nach Hause fahren. Daheim angekommen, habe ich mich zu Bett gelegt".

„Darf ich wissen, in welcher Bar sie waren und wer für sie das Taxi gerufen hat?" wollte ich weiter wissen.

„Ich war zuerst in der Lugano-Bar um genau zu sein, wo ich ein paar Bier trank und ging anschliessend ins „Red Lips". Dort habe ich wie gesagt, mit einer der dort arbeitenden Tänzerinnen angependelt und bin mit ihr ins Séparée gegangen, wenn Sie's so genau wissen wollen. Wie sie hiess, weiss ich allerdings nicht mehr. Von dort nahm ich dann das besagte Taxi um mich nach Hause chauffieren zu lassen. Befriedigt sie diese Antwort?" fügte er grosskotzig an.

„Wer hat Ihnen das Taxi gerufen?" Fragte ich noch einmal nach.

„Was soll diese blödsinnige Frage? Das spielt doch keine Rolle! Ich glaube, dass ich alt genug bin dafür oder? Ich habe logischerweise persönlich, beim Verlassen des Lokals, ein Taxi gerufen welches vielleicht fünf Minuten später eingetroffen ist. Gibt es sonst noch Fragen?" Man merkte, dass er irgendwie unsicher war und diese Unsicherheit mit seinem grosskotzigen Auftreten zu übertönen versuchte.

„Kommen wir nun zu einem anderen Thema:" Mit diesen Worten erlöste ich ihn sichtlich vom Druck, widerwillig etwas zu erzählen. „Wenn ich richtig informiert bin, fand vergangenen Dienstag die Beerdigung von Herrn Moser statt. Waren Sie auch an dieser Beerdigung?" stellte ich scheinheilig meine Frage.

„Aber sicher. Das war ich meinem Mitarbeiter doch schuldig und auch die Leute hätten sich gewundert, wenn ich nicht gekommen wäre."

„Waren viele Leute an der Beerdigung?" plauderte ich scheinbar uninteressiert weiter.

„Ja" sagte Stefan Hunold. „Es war eine grosse Beerdigung. Anscheinend hat Ueli eine ziemlich grosse Verwandtschaft."

„Gab es anschliessend noch ein Leid Mahl und haben sie dort vielleicht irgendwelche Leute kennen gelernt die uns möglicherweise noch aufschlussreiche Angaben über das Opfer machen könnten?"

„Ja, es gab noch ein Leidmahl aber ich habe nicht daran teilgenommen, da ich noch einen wichtigen Kunden im Büro erwartete. Ich bin vom Friedhof aus direkt ins Büro gefahren." Log er mich an, ohne mit der Wimper zu zucken. Ich sprach noch eine ganze Weile mit ihm. Schlussendlich stellte ich ihm die Frage: „Haben Sie eine Handynummer wo ich Sie erreichen kann, falls ich noch irgendetwas wissen möchte?"

Er gab mir seine Nummer und ich begleitete die beiden zum Ausgang. Ich hatte was ich wollte, nämlich seine Handynummer. Nicht dass ich ihm noch spezielle Fragen zu stellen beabsichtigte, wenigstens nicht zum jetzigen Zeitpunkt, sondern ich hatte die Absicht, eine rückwirkende Überprüfung des Telefons zu beantragen von welcher ich mir einiges erhoffte.

*

„Der Mann ist definitiv faul. Etwas stimmt nicht mit ihm." Gab ich meine Gedanken an Alain weiter. „In gewissen Punkten verhält er sich, aus meiner Sicht, seltsam. Mal abgesehen davon, dass er uns brandschwarz anlügt, warum will er nicht, dass wir die andern Angestellten befragen? Ist dir auch aufgefallen wie er sofort abgewunken hat, als ich nach der Sekretärin fragte? Wissen die vielleicht mehr als sie sagen dürfen?"

„Ja, das ist mir auch aufgefallen." fügte Alain bei. „Allerdings, selbst wenn er im schlimmsten Falle, etwas mit dem Mord zu tun hätte oder seinen Chef gar selbst umgebracht hätte, dann würde er es sicherlich nicht an die grosse Glocke hängen im Geschäft. Was sollten in diesem Falle die Angestellten schon wissen?"

„Ich weiss es nicht. Ich habe einfach ein ungutes Gefühl was diesen Hunold anbelangt. Hast Du eine andere Idee?" fragte ich meinen Kollegen.

„Wenn Du mich fragst" gab er zur Antwort, „dann würde ich der Reihe nach, alle Angestellten der Bank befragen. Wer weiss, vielleicht erfahren wir dadurch etwas. Ich kann mir nicht vorstellen, dass alle Angestellten dicht halten falls sie etwas wissen. Ich glaube, dass es sich dabei meist um unbescholtene Mitbürger handelt, die nicht so abgebrüht sind gegenüber der Polizei wie die Gewohnheitsverbrecher. Oder? Was meinst du?"

„Daran habe ich auch schon gedacht", bekräftigte ich ihn in seiner Idee. „Ich werde mir von der Direktion der Unger-Bank eine

Liste sämtlicher Mitarbeiter der Kreditabteilung zukommen lassen und alle befragen. Damit vergeben wir uns nichts. Das Schlimmste was passieren kann ist, dass nichts dabei heraus schaut. Diese Möglichkeit müssen wir allerdings in Betracht ziehen."

*

Diesmal wurden Henri Schmutz die Handfesseln nicht abgenommen als er sich gegenüber dem Staatsanwalt auf den Stuhl setzte. Auf dem grünen Transportschein der jeden Gefangenen begleitet, stand in grossen Buchstaben mit rotem Filzstift und für jeden Begleiter gut sichtbar geschrieben: „Fluchtgefahr" bekräftigt durch zwei Ausrufzeichen.

Die Fensterscheibe durch welche Henri das letzte mal geflüchtet war, war wieder repariert. Zudem war der Rollladen herunter gelassen, was eine erneute Flucht zum Vornherein verunmöglichte.

„Wollen Sie noch immer bestreiten, Ueli Moser umgebracht zu haben?" begann der sichtlich schlecht gelaunte Staatsanwalt Pitoux ohne Umschweife seine Befragung.

„Natürlich bestreite ich das. Ich kann ja schliesslich nicht etwas gestehen das ich nicht gemacht habe." Antwortete der Angeschuldigte kleinlaut.

„Was sollte dann Ihre Flucht bezwecken, wenn Sie nichts verbrochen haben? Damit haben Sie sich selbst in die Tinte gesetzt. Falls bisher noch irgendein Richter an Ihrer Schuld gezweifelt hätte, mit dieser Flucht haben Sie auch die letzten Unschlüssigen gegen sich gestimmt. Ich erwarte von Ihnen eigentlich nur noch ein Geständnis. Für mich ist es klar. Wenn Sie aber kein Geständnis ablegen, dann wird es auf ein Geschworenengericht hinauslaufen und ich glaube kaum, dass sich die Geschworenen von ihrer Unschuld überzeugen lassen werden. Ich jedenfalls, werde Sie des Mordes anklagen. Ein Geständnis ihrerseits könnte die zu erwartende Strafe um einiges verringern. Aber bitte, Sie können selbst entscheiden." Mit diesen Worten versuchte der Staatsanwalt, Henri Schmutz das Geständnis schmackhaft zu machen.

„Was sollte ich den tun? Niemand glaubte an meine Unschuld, da sind mir die Nerven eben durchgebrannt und ich glaubte mein Glück nur noch in der Flucht zu finden. Ich kann nur immer wieder bezeugen, dass ich nichts mit diesem Mord zu tun habe. Mehr kann ich dazu nicht sagen. Dann klagen Sie mich halt an, wenn Sie es nicht lassen können. Wenn ich dann unschuldig verurteilt werden sollte, müssen Sie mit Ihrem Gewissen ins Reine kommen, nicht ich." Dieser letzte Satz war Henri Schmutz ganz unerwartet heraus gerutscht. Er war darüber selbst überrascht, dass ihm so etwas eingefallen war. Ausgerechnet er, dessen eigenes Gewissen keine Anstände machte, ihn von irgendwelchen Diebstählen abzuhalten, begann auf dem Gewissen anderer herum zu trampeln. Konnte er damit den Staatsanwalt vielleicht in seiner gefassten Meinung verunsichern?

„Henri," lobte er sich selbst in Gedanken, „das hast Du gut gemacht." Er glaubte nämlich, eine kurzfristige Unsicherheit im Auftritt des Staatsanwaltes festzustellen. Es war offensichtlich, dass er nach Worten suchte. Nach einer kurzen Denkpause sagte er schroff: „Was ist jetzt? Geben Sie zu, Ueli Moser erschlagen zu haben?" „Nein, ich habe es Ihnen schon gesagt. Mit diesem Mord habe ich nichts zu tun. Ich habe zwar den Einbruch begangen, von einem Mord aber weiss ich nichts." Blieb Henri Schmutz bei seinen Aussagen. „Woher hatten Sie das Tatwerkzeug?" Versuchte es der Staatsanwalt mit einer unerlaubten Suggestivfrage. Noch hatte der Angeschuldigte keinen Pflichtverteidiger, sodass René Pitoux es auf diese fiese Tour versuchen konnte.

„Von was reden Sie? Wollen Sie mich jetzt hereinlegen? Ich sagte Ihnen ja schon, dass ich mit diesem Mord nichts zu tun habe. Mehr habe ich dazu nicht mehr zu sagen."

„Führ ihn ab in seine Zelle!" Offensichtlich entnervt, gab der Staatsanwalt seinem Sekretär den Befehl. Danach würdigte er den vermeintlichen Täter keines Blickes mehr.

*

Schon drei Tage später erhielt ich von der Direktion der Unger Bank die Liste der Angestellten der Kreditabteilung. Dieser war zu entnehmen, dass nebst drei Sekretärinnen oder Schreibkräften, wie Hunold sie nannte, noch zwei Männer in dieser Abteilung tätig waren. Mit allen fünf arrangierte ich ein Treffen dem sie pünktlich Folge leisteten.

Nach diesen ziemlich ausführlichen Befragungen war eines klar. Es gab noch einen vierten Verdächtigen. Geri Hugentobler war sein Name. Er war 43 Jahre alt und arbeitete seit acht Jahren für die Privatbank Unger. Seit fünf Jahren in der Kreditabteilung. Niemand wusste den eigentlichen Grund, aber allen war bekannt, dass Ueli Moser und Geri Hugentobler wie Feuer und Wasser zueinander standen. Offensichtlich wurde unter den Angestellten auch schon das Gerücht herumgeboten, Hugentobler könnte seinen Chef umgebracht haben. Wenn Ueli Moser diesen Geri Hugentobler zu sich in sein Büro rief, dann ging es dort meist sehr laut zu und her. Beide schrien sich förmlich an. Niemand konnte verstehen, weshalb Hugentobler so sehr an seinem Arbeitsplatz hing und warum Ueli Moser nicht schon lange um dessen Versetzung gebeten hatte oder gar die Entlassung ins Auge gefasst hatte. Oder hatte er es doch? Vielleicht war das der Grund für seine Ermordung? Warum hatte bisher niemand von diesen Differenzen gesprochen? Auch die Witwe musste doch sicherlich wissen, wenn ihr Mann solche erhebliche Probleme mit einem seiner Mitarbeiter hatte. Warum hat uns Stefan Hunold nicht auf diese Streitereien aufmerksam gemacht? Alles offene Fragen. Ich wollte diesen auf den Grund gehen und beschloss, Geri Hugentobler nochmals vorzuladen, diesmal zu einem schriftlichen Verhör.

Auch das Verhältnis zwischen Moser und seinem Stellvertreter Hunold war irgendwie gespannt. Zwar schrieen sich die beiden nicht an, doch merkte man, dass irgendetwas die Harmonie zwischen den beiden störte. Das aber, davon waren alle Angestellten überzeugt, konnte nie der Grund eines Tötungsdeliktes gewesen sein. Für Geri Hugentobler hingegen, würde niemand die Hand ins Feuer legen. Zu gross war dessen Feindschaft mit seinem direkten Vorgesetzten.

*

So neigte sich ein zwar stressloser, aber nicht weniger arbeitsintensiver Tag dem Ende zu. Die Zeiger der Uhr über meiner Bürotür zeigten kurz vor fünf und ich beschloss spontan, wieder einmal Karin anzurufen.

„Hallo Schatz, hast Du heute schon etwas vor oder können wir uns sehen, ich habe grosse Sehnsucht nach Dir."

„Jetzt übertreib es bloss nicht." Erwiderte Sie mir. „Du weisst, bekanntlich müssen auch Heuchler sterben!"

„Ich will aber noch nicht sterben, sondern ich möchte mit Dir einen schönen Abend verbringen. Darf ich Dich wieder einmal zu einem feinen Nachtessen zu mir einladen"?

„Du weisst, dass ich da nie nein sagen kann. Eigentlich wollte ich noch in wenig arbeiten zuhause, aber wenn Du mich so lieb fragst und mir einmal mehr Deine Kochkünste anbietest, dann werfe ich alle guten Vorsätze über Bord und komme natürlich gerne. Wann soll ich bei Dir sein?" Fragte sie.

„Sagen wir, so gegen sieben Uhr? Passt Dir das?"

„Sehr gut, ich werde pünktlich eintreffen. Ich freue mich schon jetzt, tschüüs"

Mit diesen Worten legte Sie auf.

Obwohl ich Karin schon einige Jahre kenne und wir uns sehr gut verstehen, wohnen wir noch immer getrennt. Wir wollen uns nicht binden und jeder hat so seine gewissen Freiheiten. Sobald man zusammen wohnt, geht das nicht mehr so einfach. Ich mache manchmal etwas mit Kollegen ab und sie trifft sich mit ihren Freundinnen etc. Jeder ist frei zu machen was er will und muss nicht immer den Partner fragen ob es ok sei für ihn. Wenn sich aber die Gelegenheit ergibt, dann treffen wir uns und dann ist es für jeden von uns umso schöner.

Einmal mehr, begab ich mich auf dem Nachhauseweg in den Supermarkt und liess mich von der Auslage inspirieren. Oftmals gehe ich in ein Geschäft, ohne zu wissen, was ich heute kochen soll. Erst wenn ich das präsentierte Fleisch sehe, dann kommt mir die Idee und ich entscheide mich für dies oder jenes.

Obwohl sich viele schöne Sachen in der Auslage befanden und ich, wie Karin, ein grosser Fleischliebhaber bin, entschied ich mich nach kurzem Zögern ausnahmsweise für einen Fisch.

Ich kaufte mir eine grosse Dorade die mir sehr frisch schien und hoffte, damit auch den Geschmack von Karin zu treffen.

Zuhause angekommen, begann ich gleich, den Fisch zu präparieren. Ich hackte Knoblauch und Basilikum und vermischte es mit wenig Zitronensaft und Olivenöl. Ich verteilte die Hälfte davon auf dem Boden einer feuerfesten Schale und legte den mit Salz gewürzten Fisch darauf. In den Bauch des Fisches kam ebenfalls ein wenig Basilikum und den Rest davon streute ich über den Fisch. So war er bereit und auch den Ofen schaltete ich ein, damit ich den Fisch nur noch hinein zu schieben brauchte. Mit dem Messer formte ich gleichgrosse Kartoffeln und legte sie bereit im Wasser. Beides braucht ungefähr gleich lang und so war die Zubereitung mit wenigen Handgriffen fertig, sobald Karin auftauchen würde.

Da der Ofen schon heiss war, legte ich noch ein paar Dörrfrüchte hinein, welche ich zuvor mit Speck umwickelte. Damit waren auch schon die Häppchen für den Apéro bereit.

Zusätzlich bereitete ich für jeden eine kleine Schale mit Nüsslisalat, über welchen ich, in der Butter geschwenkte, heisse Champignonscheiben streute. So war mit wenigen Handgriffen, ein feines Nachtessen bereit.

Kaum hatte ich meine Vorbereitungen fertig, erschien bereits Karin und wir konnten einen schönen Abend zusammen geniessen.

*

Am nächsten Morgen beim Durcharbeiten meiner Post fand ich die Telefonauszüge des Mobiltelefons von Stefan Hunold. Beim Vergleichen der bisherigen Ermittlungsresultate und seinen Telefondaten traten einige Unklarheiten hervor die einer Erklärung bedurften. So konnte keine Taxibestellung in der Tatnacht festgestellt werden. Hingegen hatte Hunold in der fraglichen Zeit regen Kontakt zur Familie Moser. Wie wir heute wissen, zur Ehefrau von Ueli Moser, da letzterer ja gar nicht zuhause war am besagten Abend.

Auch korrespondierten die Antennenstandorte keinesfalls mit den Aussagen von Stefan Hunold. Dazu gab es nur eine Erklärung: Entweder war Hunold ein exzellenter Schauspieler oder er hatte sein Handy jemandem ausgeliehen. Zu gut erinnere ich mich an dessen Befragung und das für ihn scheinbar so peinliche und kleinlaute Geständnis, bei einer Prostituierten gewesen zu sein. Kann jemand so etwas derart perfekt vorspielen? Kaum. Ich sehe den Verdächtigen noch genau vor meinem geistigen Auge. Er drückte sich herum wie ein kleiner Schuljunge der eine Fensterscheibe eingeworfen hatte und dabei ertappt wurde. Unter leichter Errötung gestand er schliesslich, sich im Langstrassen Quartier erotische Dienstleistungen gekauft zu haben.

Den ganzen Tag überarbeiteten Alain und ich die bisherigen Erkenntnisse und suchten nach irgendwelchen Indizien oder Ungereimtheiten die wir möglicherweise bis anhin übersehen hatten.

Um weiteren unnötigen Konfrontationen aus dem Weg zu gehen, entschied ich am späteren Nachmittag, erst einmal meinen Chef zu orientieren und ihm meine bisherigen Erkenntnisse zu rapportieren.

*

Am Fernseher lief ein Tatort den ich mir normalerweise mit einigem Amüsement anschaue. Wenn man die tatsächliche Arbeit der Ermittler in Natura kennt, bleiben einem die laienhaften Darstellungen der Drehbuchautoren nicht verborgen. Heute gelang es mir einfach nicht, mich auf den Film zu konzentrieren. Dieser Fall, obwohl eigentlich ein Tötungsdelikt unter vielen, hatte sich in meinem Hirn festgesetzt und ich konnte ihn nicht daraus verbannen. Immer wieder fragte ich mich, was habe ich übersehen, was kann ich noch tun um die Unschuld von Henri Schmutz, von der ich nach wie vor fest überzeugt war, zu beweisen?
Unruhig ging ich in der Wohnung hin und her. Den Fernsehkrimi schaute ich nur mit einem Auge. Schliesslich stellte ich ihn ab und gab mich meinen Gedanken hin. Ich hielt es nicht mehr länger in den vier Wänden meiner Wohnung aus und ich begab mich, trotz vorgeschrittener Stunde, noch einmal zum Tatort am See. Ich hatte keine Ahnung was ich dort suchen oder finden wollte. Es war einfach eine innere Stimme die mich zum Tatort trieb.
Gedankenverloren ging ich am Ufer auf und ab. Ich schaute mir die Hütte von aussen

genau an und beobachtete den Boden, die Bäume, ja sogar die Strassenlaternen. Plötzlich... zwischen den Bäumen sah ich sie. Warum nur, ist mir das nicht schon früher in den Sinn gekommen? Natürlich!! Bis vor wenigen Monaten häuften sich in dieser Region am See immer wieder Vandalenakte. Einrichtungen wurden beschädigt und demoliert. Auch wurden vereinzelt Passanten angepöbelt oder sogar ausgeraubt. Die Täter waren meistens Jugendbanden welche kaum identifiziert werden konnten. Daraufhin beschloss die örtliche Regierung, die Parkanlage am Seebecken mit Überwachungskameras zu bestücken. Eine dieser Kameras befand sich in unmittelbarer Nähe der Hütte von Ueli Moser. Ich weiss, dass die Aufzeichnungen dieser Kamerabilder einige Zeit gesichert bleiben, ehe sie aus Datenschutzgründen vernichtet, bzw. überspielt werden. Ich hatte nur noch einen Gedanken: Hoffentlich sind die Aufzeichnungen der Todesnacht noch sichergestellt.

*

Leichte Nebelschwaden lagen über der Stadt Zürich, als ich am folgenden Morgen mit meinem Motorrad über den Hönggerberg in Richtung City fuhr. Die noch flach stehende Sonne liess die Dächer der Stadt glitzern und der Himmel zeigte sich in seinem schönsten blau. Am Horizont verblasste langsam der letzte Streifen Morgenröte. Ein Anblick, der richtige Feriengefühle aufkommen liess. Ich war allerdings alles andere als in Ferienstimmung. Meine Gedanken drehten sich um diese Überwachungskameras, bzw. deren Aufzeichnungen, von welchen ich mir sehr viel erhoffte.

Kaum im Büro angelangt, griff ich zum Telefonhörer und tippte die Nummer des technischen Dienstes der Kantonalverwaltung ein. „Hier ist der Telefonbeantworter der......" Ich legte den Hörer zurück und bemerkte erst jetzt, dass auf meiner digitalen Bürouhr erst 06:40 stand. Beim anschliessenden, täglichen Morgenrapport konnte ich mich nicht konzentrieren. Zwar hörte ich was gesprochen wurde, doch gelang es mir nicht, alles in meinem Kopf zu registrieren. Ich konnte einfach die Gedanken rund um das Tötungsdelikt nicht verdrängen. Es schien mir eine Ewigkeit zu dauern, bis das Display acht Uhr anzeigte und ich endlich die Kantonalverwaltung anrufen konnte. Nach mehrmaligem Läuten, das mir viel länger vor kam als es in Wirklichkeit dauerte, meldete sich endlich eine freundliche Frauenstimme. Sie stellte sich mit Namen und Arbeitsort vor und fragte mich: „Womit kann ich Ihnen dienen?" Ich nannte ihr mein Anliegen und wurde daraufhin weiter verbunden. „Hess", meldete sich eine sonore Männerstimme. Ich wiederholte meine Fragen die ich schon der unbekannten Frau gegenüber gestellt hatte. „Da müssen Sie sich mit dem Tiefbauamt des zuständigen Ortes in Verbindung setzen. Ich kann Ihnen da nicht weiter helfen" war die lakonische Antwort. Der Mann sprach so langsam, dass ich glaubte, er würde demnächst einschlafen. Ich konnte mir den Mann am andern Ende der Leitung genau vorstellen. Ein richtiger Beamter, wie er im Buche steht und wie er oftmals auch in Sprüchen und Witzen dargestellt wird. Äusserst korrekt, peinlich genau, unflexibel, stur und möglichst bequem. Im Hintergrund hörte ich vor meinem geistigen Ohr bereits den Amtsschimmel wiehern.

So suchte ich mir denn die Telefonnummer des Tiefbauamtes der zuständigen Seegemeinde heraus und versuchte mein Glück erneut. Da begann dasselbe Spiel nun von vorne. Zuerst die Vorzimmerdame, dann wurde ich weiterverbunden und jedes Mal musste ich mein Anliegen von neuem darlegen. Zogg hiess diesmal die letzte Ansprechperson. „Wir haben diese Überwachung zusammen mit unserer Nachbargemeinde finanziert und aufgebaut. Diese ist auch zuständig für die Auswertung des Filmmaterials" erklärte mir der Mann in einer Seelenruhe. Langsam begann es in mir zu brodeln wie in einem Vulkan der kurz vor der Eruption steht. Ich brauchte alle meine Kräfte um mich im Zaun zu halten und freundlich zu bleiben. Was konnten denn diese Personen dafür, dass ich so dringend auf die Aufzeichnungen angewiesen war und dass mir dies nicht schon früher in den Sinn gekommen war? Hätte ich die Kamera am Tag der Tat bemerkt wäre keine solche Hektik entstanden.

Nach mehrmaligem, tiefem Durchatmen hatte ich mich ein wenig beruhigt und nachdem ich die richtige Rufnummer gefunden hatte, griff ich zum Telefon. Was jetzt folgte, war Stress pur für meine Nerven. Erneut wurde ich zweimal weiter verbunden, bis sich eine nette Frauenstimme meldete und sich mir als Frau Weber vorstellte. Nachdem ich ihr den Grund meines Anrufes erklärt hatte, stellte sie sich mir als die Sekretärin des Tiefbauamtes vor.

Dann folgte die Hiobsbotschaft indem sie mir zu verstehen gab, dass der für die Überwachungskameras zuständige Techniker am vergangenen Wochenende gearbeitet habe und deshalb heute und morgen seinen freien Tag beziehe! Nun explodierte ich förmlich. Ich schrie in das Telefon, obwohl die Frau am andern Ende wirklich nichts dafür konnte. Mein Büropartner Alain Bayard redete auf mich ein und es gelang ihm schliesslich, mich zu beruhigen. Ich entschuldigte mich bei Frau Weber für meinen Ausrutscher und erklärte ihr, weshalb es dazu kam. Wenigstens konnte sie mich insofern beruhigen, dass während der Abwesenheit des Technikers kein Material gelöscht, bzw. überspielt werde. Sie versprach mir, dass sie ihn bitten werde, mich sofort nach seiner Rückkehr anzurufen. Indem ich mich noch einmal entschuldigte, verabschiedete ich mich von der Frau und beendete den Anruf.

„Du solltest mal eine Pause einschalten, bevor Du gänzlich durchdrehst" riet mir mein Büropartner. Vielleicht hatte er Recht. Ich begab mich daraufhin in die Betriebskantine und genehmigte mir einen Kaffee, wobei ich mir das weitere Vorgehen überlegte.

*

Zwei lange Tage waren inzwischen verstrichen und ich wartete ungeduldig auf den Anruf des Technikers der mit den Kameraaufzeichnungen vertraut war. Schon wenige Minuten nach acht Uhr klingelte mein Büroanschluss und sofort riss ich den Hörer an mich. „Mordkommission, Buck" meldete ich mich. „Guten Morgen, hier ist Geiger am Apparat." Hörte ich eine jugendlich klingende Stimme am andern Ende der Leitung. „Sie haben mich gesucht? Ich bin der Techniker der sich um die Kameraaufzeichnungen der Seepromenade kümmert." Ich erklärte ihm mein Anliegen und er konnte mich beruhigen indem er mir versprach, dass die Aufzeichnungen von der Tatnacht noch vorhanden sein müssten. Keine zehn Minuten später, sass ich mit Alain Bayard in einem unserer Dienstwagen und fuhr zum Büro dieses Herrn Geiger. Der Techniker hatte schon alles vorbereitet und die Aufzeichnung der besagten Nacht in das Abspielgerät eingelegt. Er bot uns Kaffee und Mineralwasser an und wir begannen interessiert mit der Sichtung der Aufzeichnungen der Überwachungskamera. Lange Zeit geschah gar nichts, das Wetter verhinderte ein grosses Menschenaufkommen am Seeufer. Einmal erschien eine Frau mit einem Hund im Bild und kurze Zeit später passierte ein Mann und eine Frau von der andern Seite kommend das Aufzeichnungsgebiet. Gemäss Datenschützer dürfen die Aufzeichnungen qualitativ nicht so hoch sein, dass man die einzelnen Gesichter erkennen kann. Das ist natürlich schade und ich sehe den Grund eigentlich nicht ein. Was nützt eine Filmüberwachung, wenn man die Leute nicht identifizieren kann? Da!! Plötzlich erschien eine Gestalt im Bild die mich vom Stuhl riss. Ein Mann, leicht gebückt, mit einem langen Gegenstand in der Hand zwängte sich ins Gebüsch. Die mitlaufende Kamerauhr zeigte 22:52 Uhr an. Der Mann trug eine dunkle Regenjacke mit einem hellen Streifen über der Brust. Dazu schmückte eine Baseballmütze seinen Kopf. Die Mütze war ebenfalls dunkel, wobei die Frontseite über dem Stirnschild weiss war, mit irgendeinem undefinierbaren Sujet darauf. Nachdem sich der Mann im Gebüsch verdrückt hatte, war wieder Ruhe auf der Promenade. Die Kamerauhr zeigte 23:13, als sich die unbekannte, männliche Gestalt ganz langsam aus dem Gebüsch heraus schälte, in das er sich zuvor gedrängt hatte. Noch immer in leicht gebückter Haltung, mit langsamen Schritten kam er näher. Der Mann war unmöglich zu erkennen. Nebst der schlechten Bildqualität verdeckte das Stirnschild einen grossen Teil des Gesichtes. Er stellte seine Füsse nur langsam ab. Er war offensichtlich bemüht, möglichst kein Geräusch zu machen. Kurz bevor er das Bild am rechten Rand verliess, sah man noch, wie er den Stock oder die Stange hob und mit einem Sprung aus dem Bildschirm verschwand. Es dauerte keine Minute, bis er wieder von der Kamera eingefangen wurde und in die entgegengesetzte Richtung davon rannte.

Obwohl die Tat selbst vom Aufzeichnungsgerät nicht erfasst war, so waren wir doch um einige Erkenntnisse reicher. Der Techniker brannte mir eine DVD mit der tatrelevanten Aufzeichnung und ich bedankte mich. Dann verabschiedeten wir uns von ihm mit den Worten: „Sie haben uns sehr viel weiter geholfen. Nun liegt es an uns, den Mann zu identifizieren."

*

Gut gelaunt fuhren wir in unser Büro zurück. Ich war mir sicher, den unbekannten Mann mit dem Stock identifizieren zu können. Im Büro angelangt begab ich mich zuerst zu meinem Chef und erzählte ihm die neuesten Erkenntnisse.

Seit meinem Zwischenfall mit ihm war er mir gegenüber viel offener. Er schien mich und meine Arbeit zu respektieren und wollte nicht mehr alles besser wissen wie dies am ersten Tag der Fall war. Trotzdem konnte er sich die Bemerkung nicht verkneifen: "Herr Buck, Sie wissen schon, dass Sie mich vor ihrem Alleingang hätten informieren müssen?" Ich entschuldigte mich für das Versäumnis und er akzeptierte die Entschuldigung. In den wenigen Tagen die er nun unserer Gruppe vorstand, hatte er sich, meiner Ansicht nach, enorm verbessert. Er war freundlicher und kameradschaftlicher geworden. Vermutlich hatte er eingesehen, dass es auch für ihn besser ist, wenn er mit uns und nicht gegen uns arbeitete. Er war ja schliesslich intelligent genug um einzusehen, dass er sich zwar auf juristischer Ebene bestens auskannte, dass aber andererseits jeder einzelne von uns mehr Erfahrung im Umgang mit Tötungsdelikten hatte als er.

In mein Büro zurückgekommen unterhielt ich mich mit Alain: „ Bist Du auch der Meinung, dass wir aufgrund des nun vorliegenden Filmmaterials, Henri Schmutz als

Tatverdächtigen ausschliessen können? Auch wenn man den Täter auf den Aufzeichnungen nicht erkennen kann, passt er von der Gestalt her absolut nicht in das Schema von Henri Schmutz.

„Wenn ich die Figur mit allen unseren bisher Verdächtigen vergleiche, passt sie meiner Ansicht nach am ehesten zu Stefan Hunold und Reto Halder" liess ich meinen Gedanken freien Lauf. „Ja, auch die Bewegungen schienen mir irgendwie zu einem dieser beiden zu passen." Pflichtete mir mein junger Walliser Kollege bei. Henri Schmutz jedenfalls kann das nicht sein, da dieser kleiner und rundlicher ist als die Gestalt auf dem Film.

Auch Geri Hugentobler war ein ganz anderes Kaliber als der Mann den man schemenhaft erkennen konnte auf dem Film. Er war ein Fels von einem Mann und kraftmässig am ehesten in der Lage, dem Ermordeten den Schädel derart heftig einzuschlagen. Trotzdem konnte auch er nicht ausser Acht gelassen werden, denn er hätte ja durchaus eine Drittperson für die Tat engagieren können. Der Verdacht gegen ihn liess sich jedenfalls mit dieser Aufzeichnung nicht enthärten.

Ich griff zum Telefonhörer und rief den zuständigen Staatsanwalt an. „Herr Pitoux, ich habe eine erfreuliche Mitteilung, betreffend Tötungsdelikt Moser." Begann ich das Gespräch. Ich erklärte ihm was wir soeben in der Filmaufzeichnung gesehen hatten und riet ihm, Henri Schmutz aus der Untersuchungshaft zu entlassen. Zudem bat ich ihn, mir einen Verhafts- und einen Hausdurchsuchungsbefehl auf den Namen Stefan Hunold auszustellen.

„Was bilden Sie sich ein Herr Buck?" kam die vorwurfsvolle Antwort. „Nur weil Sie eine undefinierbare Gestalt bei trüben Lichtverhältnissen auf einer qualitativ schlechten Aufzeichnung gesehen haben, soll ich den Hauptverdächtigen laufen lassen? Wie stellen Sie sich das vor? Wenn die Tat wenigstens auf dem Filmmaterial aufgezeichnet wäre. Nur ein Unbekannter mit einem langen Gegenstand in der Hand reicht noch lang nicht aus um jemanden einzusperren. Weder die Presse noch die Öffentlichkeit würde dieses Vorgehen begreifen. Wann kommen Sie endlich zur Vernunft und sehen ein, dass der Täter in der Person von Henri Schmutz hinter Schloss und Riegel sitzt"?

„OK, Ich werde vorbei kommen und Ihnen die Aufzeichnungen vorführen. Wann hätten Sie eine Viertelstunde Zeit für mich"? Wir vereinbarten einen Termin auf den heutigen Nachmittag und ich war überzeugt, dass Henri Schmutz noch an diesem Tag das Gefängnis würde verlassen können und ich mit den beiden schriftlichen Befehlen zurück in mein Büro kommen würde.

*

Meine Omega Uhr die ich mir zu meinem 40. Geburtstag geleistet hatte, zeigte 14:10 Uhr, als ich mich auf das Wartebänkchen vor dem Büro des Staatsanwaltes Pitoux setzte. Noch immer dauerte es fünf Minuten, bis zu unserem Termin. Ich war sehr nervös und konnte es kaum erwarten, den Staatsanwalt mit Fakten, sprich Aufzeichnungen, zu überzeugen, Henri Schmutz zu entlassen und mir die nötigen Papiere zur Hausdurchsuchung auszustellen. Punkt Viertel nach Zwei wurde die Bürotür von innen geöffnet und eine überaus hübsche, junge Frau trat auf den Korridor. Ihre langen, schwarzen Haare fielen ihr über die Schultern und reichten bis ca. Mitte Schulterblätter. Sie wandte sich an mich mit den Worten:
"Mein Name ist Becher, ich bin interim Sekretärin von Staatsanwalt Pitoux. Kommen Sie doch herein." Ich folgte ihr ins Büro indem

ich von hinten ihre makellose Figur betrachten konnte. Sie trug eng anliegende dunkle Jeans und ein dazu passendes T-Shirt das nichts von ihren perfekten Körperformen versteckte.

„Nehmen Sie Platz" begrüsste mich der Staatsanwalt und wies mit seiner Hand auf einen ihm gegenüberliegenden Stuhl. Sofort deponierte ich ihm die mitgebrachte DVD auf die, in Seidenglanz erstrahlende Schreibtischplatte. Innerlich fragte ich mich, ob der Mann wohl nicht viel zu tun habe oder ob er ein pedantischer Aufräumer sei. Keinerlei Akten oder Notizen lagen auf dem staubfreien Schreibtisch. Wenn ich da an mein Büro denke, wird mir beinahe schwindlig. Er nahm die glänzende Kunststoffscheibe und legte sie in ein Abspielgerät. Auf dem Monitor wurden die Bilder sichtbar, die ich mir inzwischen schon mehrere Male angeschaut hatte. Stumm, gedankenversunken schauten wir uns die Aufzeichnung an. Ich kannte sie auswendig und konnte meine Blicke unbemerkt an der hübschen Sekretärin auf und ab gleiten lassen.

„Was wollen Sie damit beweisen?" fragte mich der Staatsanwalt nach der Betrachtung des Filmmaterials. Erkennen Sie darauf einen Täter? Selbst wenn man den Mann erkennen könnte; wer sagt uns, dass er diesen Ueli Moser umgebracht hat?"

„Entschuldigen Sie, aber es liegt ja wohl auf der Hand, dass sich dieser, sagen wir vorerst Unbekannte, im Gebüsch versteckt hat und das Opfer abgewartet hat. Dann schält er sich aus dem Gebüsch heraus und springt den Mann an, indem er ihm die mitgeführte Stange auf den Kopf schlägt."

„Ihre Phantasie in Ehren, Herr Buck aber solche erfundenen Geschichten sind völlig untauglich um einen Hausdurchsuchungs-, oder gar einen Haftbefehl zu erwirken. Schon gar nicht, um jemanden aus dem Gefängnis zu entlassen gegen den der Verdacht viel grösser ist. Nein, Herr Buck, dieses Filmdokument überzeugt mich so wenig wie Ihre Erklärungen dazu. Tut mir leid, ich kann Ihnen keinerlei Zwangsmassnahmen ausstellen." Mit diesen Worten verabschiedete er mich und ich nahm den Weg zu meinem Büro unter die Füsse. Innerlich kochte ich vor Wut und ich fragte mich, weshalb ich mich so aufregte. Eigentlich könnte es mir ja egal sein, ob der Mörder von Ueli Moser gefasst wird oder nicht. Ich bekomme deswegen keinen höheren Zahltag. Das wiederum entsprach aber ganz und gar nicht meiner Berufsauffassung und nicht zuletzt ging es auch um Henri Schmutz der unschuldig in Untersuchungshaft sass. Ich musste meinen Ärger hinunter spülen und betrat die Trübli Bar, eine Kneipe unweit des Kriminalgebäudes. Ausser einem kleinen Ecktisch an welchem ein Mann mit seiner offensichtlich „gekauften Liebe" sass, war das Lokal leer. Ich setzte mich an einen Tisch möglichst weit von dem turtelnden Paar entfernt. Von dort rief ich Alain, meinen Kollegen an und überredete ihn, mir Gesellschaft zu leisten.

*

In der andern Wirtshausecke klebte der mittelalterliche Mann und seine aus dem fernen Osten stammende, ca. 20 jährige Errungenschaft so fest aneinander, dass es schon bald nicht mehr als jugendfrei galt. Als Alain das Lokal betrat, waren noch immer alle anderen Tische leer, sodass Alain und ich ungestört miteinander reden konnten. Die beiden am andern Ende des Lokals waren sowieso viel zu eng miteinander beschäftigt, als dass sie von der restlichen Umwelt oder gar von unserer Diskussion etwas mitbekommen hätten.

Nachdem ich versucht hatte, Alain die unbegreiflichen Gedankengänge des Staatsanwaltes verständlich zu machen, sassen wir uns eine geraume Zeit beinahe wortlos gegenüber. Jeder von uns war mit seinen Gedanken beschäftigt und überlegte, wie wir in dieser verzwickten Situation weiter kommen sollten.

„Das ist einfach unbegreiflich." Durchbrach ich das bedrückende Schweigen. „Dieser Staatsanwalt mag ja ein begabter Jurist zu sein, aber von polizeilicher Arbeit hat er keine Ahnung. Ich bin sicher, mit zwei Hausdurchsuchungsbefehlen, an die Adressen von Reto Halder und Stefan Hunold, hätten wir den Fall innerhalb weniger Stunden gelöst. Todsicher hätten wir bei einem der beiden etwas Kompromittierendes gefunden. Momentan sind mir die Ideen ausgegangen. Ich weiss nicht mehr weiter, zumal wir keinerlei Unterstützung erhoffen dürfen, weder von unserem Chef noch von der Staatsanwaltschaft." Wir diskutierten die verschiedensten Lösungsversuche, ohne auf eine wirklich Machbare zu stossen.

„Wir müssen einfach mehr wissen über die beiden Verdächtigen." Sagte ich zu meinem jungen Kollegen. „Am liebsten würde ich sie observieren lassen doch weiss ich schon jetzt, dass dies niemals bewilligt wird."

„Was ist, wenn wir beide selbst diese Observation übernehmen?" fragte mich Alain. „Wir könnten mindestens abends jeweils nach Büroschluss noch einige Stunden anhängen," meinte er voller Enthusiasmus.

„Das ist harte Arbeit, Alain" gab ich ihm zur Antwort. „Da machst du locker dreissig bis vierzig Überstunden pro Woche, ohne dass du dafür je einen Franken siehst oder die Zeit irgendwann einziehen kannst. Bist du dir dessen bewusst und fühlst du dich dazu bereit und in der Lage?" wollte ich von ihm wissen.

„Sofort." Schoss es wie eine Gewehrkugel aus seinem Munde. „Wenn es der Sache dient?"

Mit einem Händedruck beschlossen wir, bereits heute Abend vor dem Geschäftshaus von Stefan Hunold zu warten und ihm dann unbemerkt zu folgen. Sollte diese Observation in den nächsten Tagen nichts Verdächtiges an den Tag bringen, würden wir die Überwachung von Reto Halder übernehmen.

*

Ich zog eine Stunde meines Überzeitkontos ein und machte entsprechend früher Feierabend. Ich fuhr nach Hause um mein Motorrad gegen meinen Honda Civic auszuwechseln. Ich hatte mit Alain abgesprochen, dass wir uns ab 16:30 Uhr vor dem Bankgebäude Unger einfinden würden.

Der Himmel war grau verhangen und der Asphalt glänzte unter einem dünnen Wasserfilm, als wir unsere Position vor dem Bankgebäude Unger bezogen. Der Regen hatte zwar aufgehört, doch blieb die Lage sehr unstabil. Mir war bewusst, dass zwei Fahrzeuge eigentlich zu wenig sind um länger unbekannt hinter jemandem her zu fahren. Verstärkung konnte ich jedoch keine anfordern, da niemand etwas von dieser Überwachung wusste.

Es dauerte ca. eine halbe Stunde, bis der uns bereits bekannte schwarze BMW die Tiefgarage des Bankgebäudes verliess. Am Steuer konnte man unverkennbar Stefan Hunold ausmachen. Er fügte sich in den Verkehr ein und wenige Fahrzeuge dahinter folgten Alain und ich. Es ist immer schwierig, in der Stadt an einem Wagen dran zu bleiben. Wir konnten nur hoffen, dass dieser Hunold sich an die Verkehrsvorschriften hielt und möglichst nicht bei einer auf rot wechselnden Verkehrsampel durch fuhr, sonst würde er uns entwischen. Aufgrund der eingeschlagenen Richtung mussten wir davon ausgehen, dass er auf direktem Weg zu seiner Geliebten, der Witwe Moser an die Zürichbergstrasse fahren würde. Jedenfalls führte ihn sein Weg nicht in Richtung seiner Wohnung, die im Kanton Aargau, unweit der Zürcher Kantonsgrenze lag. Wir hatten Glück und es gelang uns, unauffällig am schwarzen BMW dran zu bleiben. Als dieser in die Zürichbergstrasse einbog wussten wir, wohin die Fahrt führen würde. So konnten wir uns getrost absetzen und in der Nähe parkieren. Ich sah gerade noch, wie der linke Blinker am BMW gestellt wurde. Ein eindeutiges Zeichen, dass er in die Tiefgarage einbog. Versteckt parkierten wir unsere Fahrzeuge und stiegen aus. Aus unauffälliger Distanz beobachteten wir das Haus während ca. vier Stunden. Wir mussten nun annehmen, dass Stefan Hunold das Haus bis am Morgen nicht mehr verlassen würde und wir beschlossen, die Überwachung ohne neue Erkenntnis erlangt zu haben, abzubrechen und nach Hause zu fahren.

*

Der Regen hatte wieder eingesetzt und ich konnte von meiner Wohnung aus gut die zischenden Reifen der vorbei fahrenden Autos hören. Es war aber nicht dieser Lärm der mich nicht schlafen liess. An diesen hatte ich mich längst gewöhnt. Viel mehr beschäftigte mich dieser Mordfall indem ich nicht weiter kam und mir ziemlich hilflos vorkam. Endlich, es war sicherlich weit über Mitternacht hinaus, siegte die Müdigkeit doch noch und ich schlief ein. Der Fall liess mich aber selbst im Schlaf nicht los und immer träumte ich irgendetwas davon. Es erschienen mir Bilder der involvierten Personen, wobei deren Gesichter zu Fratzen verzogen waren und die mich offensichtlich auslachten. Ab so einem Gesicht erschrak ich und schnellte in meinem Bett hoch.

„Was war das eben"? Fragte ich mich. War dies nicht das entstellte Gesicht von Stefan Hunold der mich bloss zu stellen schien und mit dem Finger auf mich zeigte und dabei sein unsympathischstes Lachen aufsetzte? War das etwa ein Zeichen das mir den richtigen Weg zeigen sollte?

Blödsinn. Ich glaubte nicht an solche Geistergeschichten. Sicher war dieser Traum nur eine Folge meiner tagelangen Arbeit in dieser Sache.

Der Wecker zeigte erst 04:13 Uhr doch fand ich keinen Schlaf mehr. Nachdem ich noch eine weitere halbe Stunde im Bett liegen blieb und

mich von links nach rechts und wieder zurück
wälzte, überlegte ich alle möglichen Schritte
um endlich den Mörder von Ueli Moser dingfest
machen zu können. Obwohl es noch lange
nicht Zeit war für mich beschloss ich,
aufzustehen. Nach einer erfrischenden Dusche
und einem starken Kaffee fühlte ich mich
schon recht gut und ich beschloss, noch vor
Arbeitsantritt an der Zürichbergstrasse vorbei
zu fahren. Was mich dorthin trieb, weiss ich
nicht. Es war einmal mehr irgendeine Intuition
der ich nachgab. So war es schon damals als
ich die Kamera am See entdeckte. Wer weiss,
vielleicht brachte ja auch dieser Ausflug neue
Erkenntnisse.
Die frühmorgendlichen Temperaturen waren
ziemlich frisch und es schien so, als würde
sich auch heute keine Sonne zeigen. Diesmal
nahm ich schon am Morgen das Auto und liess
meine BMW Maschine in der Tiefgarage.
Schliesslich wollte ich mich am Abend ja
wieder einige Stunden an unseren verdächtigen
Banker anhängen. Noch blieben ca. zwei
Stunden Zeit bis ich mich im Büro blicken
lassen musste. Ich wartete demzufolge in
unmittelbarer Nähe des Terrassenhauses in
der schönen aber entsprechend teuren
Wohnlage am Zürichberg.

Mein Warten sollte belohnt werden. Es war kurz nach sechs Uhr, als Stefan Hunold in Joggingkleidern das Haus verliess und in Richtung Zoo lief. Der dortige Wald bot vielen Joggern einen idealen Trainingsplatz. Es befand sich dort ein spezieller Lauftreff und diverse Laufstrecken waren in verschiedenen Farben markiert, sodass sich jeder seine Strecke aussuchen konnte. Anfänglich lief ich Stefan Hunold in genügendem Abstand hinterher, bis ich feststellen konnte, dass er tatsächlich sein Fitnessprogramm absolvierte. Ich ging zu meinem Auto zurück und bot per Telefon eine Fahndungspatrouille auf um den Mann bei seiner Rückkehr unmittelbar zu verhaften.

Sicher fragen Sie sich jetzt, liebe Leser, was das soll. Ich habe Ihnen jedoch noch etwas verschwiegen. Mir hat es beinahe den Atem verschlagen, als Hunold das Haus verliess. Es war ja ziemlich frisch und leicht regnerisch an diesem Morgen, entsprechend war Stefan Hunold bekleidet. Er trug genau die Jacke mit dem hellen Streifen quer über der Brust und sein Kopf war mit einer Baseballmütze bedeckt, die eine weisse Frontseite über dem Stirnschild aufwies mit irgendeiner Aufschrift. Es gab keinen Zweifel, die Kleider passten zu 100%

mit denen überein welche der Unbekannte auf dem Film anlässlich seiner Tat trug.

*

Es dauerte keine halbe Stunde, bis die beiden mir bestens bekannten Fahnder mit ihrem Dienst-Opel am Zürichberg eintrafen. Ich klärte die beiden über den Stand der Dinge auf und danach warteten wir gemeinsam auf die Rückkehr des Joggers. Ich hoffte, dass es sich bei Stefan Hunold nicht um einen Marathonläufer handelte der dreissig bis vierzig Kilometer abspulte vor der Arbeit. Es dauerte vielleicht noch 20 Minuten, da tauchte der gesuchte an der Strassenecke auf. Die beiden Fahnder begleiteten mich und wir schnitten ihm den Weg ab.

„Herr Hunold, ich verhafte sie hiermit wegen des Verdachtes der Tötung von Ueli Moser. Ich leierte ihm seine Rechte ab und die beiden Fahnder legten ihm Handfesseln an und begleiteten ihn unter heftigsten Protesten zu ihrem Fahrzeug. Er schwor mir, alles zu tun um meine Karriere bei der Polizei zu beenden und so weiter. Er kenne verschiedenste Politiker und hohe Polizeikaderleute, deren Namen er auch nannte. Damit versuchte er, mir Eindruck zu schinden. Ich war mir solche

verbalen Ausbrüche gewohnt und es zeigte sich
meistens, dass Leute die so auftrumpfen, etwas
zu verbergen haben. Vorerst hatte ich mal die
besseren Karten in den Händen als er.

*

Im Büro angekommen, schaltete ich erst
einmal die Kaffeemaschine ein. Ich brauchte
jetzt einen starken Kaffee. Mit den beiden
Fahndern hatte ich mich abgesprochen. Sie
würden den Verdächtigen erst einmal durch
die Mühlen der Arrestantenannahme
schleusen, einen Verhaftsrapport erstellen und
mir anschliessend den Mann zuführen. Ich
erwartete ihn so ca. um 08:30 Uhr. Bis dahin
sollten die Formalitäten abgeschlossen sein.
Ich begab ich mich ins Büro meines Chefs der
auch schon zu dieser frühen Morgenstunde
anwesend war. In kurzen Worten schilderte ich
ihm die Begebenheiten des heutigen Morgens.
Zuerst blieb er völlig stumm. Dann fragte er
mich: „Können Sie mir bitte erklären, was Sie
zu so früher Morgenstunde am Zürichberg zu
suchen hatten"? Ich gestand ihm die
Abmachung welche ich mit Alain vereinbart
hatte. Ich merkte, dass er eigentlich
aufbegehren wollte doch angesichts des
offensichtlichen Erfolges liess er es bleiben und

fügte nur bei: „Sie hätten sich auch mit mir absprechen können, Herr Buck. Sie wissen, dass ich Alleingänge nicht schätze"

„Entschuldigen sie, Herr Anders, wenn ich so direkt bin, aber ich glaube kaum, dass sie diesem Vorhaben zugestimmt hätten, zumal sie ja noch immer von der Schuld des Henri Schmutz überzeugt waren." Getraute ich anzufügen. Dabei blieb es dann auch. Er antwortete nicht darauf und wir konnten im normalen Ton über das weitere Vorgehen reden. Ich wollte zuerst die Einvernahme mit dem Verdächtigen durchführen und würde erst danach mit dem Staatsanwalt sprechen nachdem ich dessen Aussagen kannte.

*

Es war kurz vor halb acht, als Alain das Büro betrat. Hallo Alain, gut geschlafen? Begrüsste ich ihn. „Hast Du heute Abend schon was vor"? fragte ich neckisch. „Was soll das"? Gab er mir zur Antwort. „Du weißt genau, dass wir heute Abend wieder die Überwachung aufnehmen werden".

„Ich habe es mir anders überlegt" liess ich ihn noch ein wenig zappeln. „Wir könnten heute Abend wieder mal eine kleine Beizentour durch

Niederdorf mit anschliessendem Nachtessen machen. Was meinst Du?"

„Sag mal, spinnst du?" fragte er mich und schaute mich ungläubig an.

„Ach ja da ist noch eine Kleinigkeit, die Dich vielleicht interessiert. Ich habe heute Morgen Stefan Hunold einsperren lassen und werde ihn demnächst befragen."

Alain glaubte sich in einem falschen Film. Ungläubig mit weit aufgesperrten Augen fragte er mich: „Was hast Du"?

„Ja, ich habe Hunold einsperren lassen das sagte ich doch schon." Spannte ich ihn weiter auf die Folter.

Es belustigte mich, ihn so verständnislos zu sehen. Nun schenkte ich ihm aber reinen Wein ein und erzählte ihm die ganze Geschichte. Ich verschwieg ihm auch nicht, dass ich den Chef bereits informiert hatte und dass er mit meinem Vorgehensvorschlag einverstanden war.

„Na, das ist ja mal eine erfreuliche Neuigkeit" gab er seiner Freude Ausdruck.

*

Es ging gegen 09:30 Uhr, als mir Stefan Hunold von zwei Sicherheitsbeamten zugeführt wurde. Er war mit einem dieser blau/grauen

Trainingsanzüge des Gefängnisses bekleidet. Seine eigenen Joggingkleider waren ihm abgenommen worden um daran allfällige Spuren zu sichern, wenn auch, nach so langer Zeit, mit wenig Aussicht auf Erfolg.

Die beiden Sicherheitsbeamten lösten die Handfesseln und übergaben mir den Verhafteten.

„Herr Hunold, ich bitte Sie Platz zu nehmen." Sagte ich freundlich und bot ihm mit einer Handbewegung einen der beiden Stühle vor meinem Schreibtisch an.

Wenn Blicke töten könnten, läge ich jetzt flach am Boden. Die Augen des Kreditchefs funkelten richtig gehend vor Hass. Ich war mir solche Szenarios gewohnt und blieb deshalb total kühl. Erneut las ich ihm seine Rechte vor die unter anderem auch beinhalten, dass er die Aussage verweigern kann. Dieses Recht nahm er für sich in Anspruch und es kam keine Silbe aus seinem Munde. Er sagte nicht einmal, dass er die Aussage verweigere. Ich sprach mit ihm wie mit einem Sack voller Kartoffeln. Keinen einzigen Laut gab er von sich. Während einer halben Stunde liess ich ihn auf dem Stuhl schmoren und versuchte immer wieder mit ihm zu reden. Keine Chance. Seine Lippen blieben verschlossen.

„Abführen!" sagte ich schliesslich und Alain begleitete ihn in die Abstandszelle auf unserem Stockwerk, wo er von den Sicherheitsleuten abgeholt werden würde.

Nach nochmaliger Rücksprache mit meinem Chef, verständigte ich den Staatsanwalt über die Verhaftung und den Misserfolg bei der Einvernahme.

„Der Mann ist sofort aus der Haft zu entlassen" befahl er in einem sehr üblen Ton. Ich versuchte ihm klar zu machen, dass dies ein sehr grosser Fehler sein könnte, doch liess er sich nicht umstimmen. Für ihn galt Henri Schmutz noch immer als Täter Nummer eins und dies mit einer Sturheit die ich nicht nachvollziehen konnte.

Ich konnte nicht anders und musste den Verhafteten laufen lassen. Schliesslich führt der Staatsanwalt die Untersuchung und er hat das letzte Wort. Das einzige was ich noch tun konnte, war dafür zu sorgen, dass die Joggingkleider von Stefan Hunold erst ausgehändigt wurden, nachdem diese einer exakten Spurensicherung unterzogen worden waren.

*

Inzwischen war es kurz vor Mittag, als Stefan Hunold die Wohnung von Anita Moser betrat.

„Endlich" sagte diese als er zur Tür herein kam. „Wo warst Du den ganzen Morgen? Ich habe mir unheimlich Sorgen um Dich gemacht. Ich dachte mir schon, es sei etwas passiert. Hättest Du nicht wenigstens anrufen können"?

„Nein, leider bin ich nicht dazu gekommen." sagte er kleinlaut. „Dieser idiotische Buck von der Polizei hat mich aufgehalten. Er hat mir blöde Fragen gestellt, als ob ich deinen Mann umgebracht hätte. Ich habe genug von dieser kleinkarierten Bünzligesellschaft hier in der Schweiz. Komm, lass uns abhauen und die Brücken hinter uns abbrechen. Pack bitte Deine Sachen und ich versuche noch heute einen Flieger zu bekommen. Bitte stell mir jetzt keine Fragen und tue einfach was ich Dir sage. Später, wenn wir im Flieger sitzen, werde ich Dir alles erklären. Jetzt habe ich keine Zeit dazu. Du musst mir jetzt einfach vertrauen. Wenn Du mich liebst, dann folgst Du mir."

„Was soll das? Bist Du etwa auf der Flucht? Hast Du Ueli doch umgebracht? Ein klein wenig mehr sollte ich schon wissen, bevor ich mich reisefertig mache" redete Sie ihm ins Gewissen.

„Vertraue mir, Anita" bat er sie. „Stell jetzt keine Fragen – bitte! Mach Dich reisefertig. Ich hoffe, wir bekommen noch heute einen Flieger. Wenn es so weit ist, ruf ich Dich an und lasse Dich abholen von einem Taxi."

„Nein, Stefan, so läuft das nicht"! Sagte sie schroff. „Ich will wissen was da abgeht. Vorher rühre ich keinen Finger."

Während sie so sprachen hatte sich Stefan Hunold in voller Hektik umgezogen und verliess die Wohnung mit den Worten: „Überleg es Dir noch einmal. Ich rufe Dich an. Ich werde das Land verlassen, entweder mit Dir und Denis oder alleine". Dann huschte er aus der Türe und fuhr mit dem Lift in die Tiefgarage. Wenige Minuten später sah sie seinen BMW aus der Garagenausfahrt auf die Strasse schiessen. Ohne anzuhalten fuhr er auf die Zürichbergstrasse und baute dabei beinahe einen Unfall mit einem Ford Fiesta der zur gleichen Zeit die Strasse abwärts fuhr. Ein lautes Hupen war die Reaktion des Fiesta Fahrers.

*

Stefan Hunold wurde in seinem Büro bereits vermisst. Niemand wusste wo er sich aufhielt am Vormittag. Auf die verschiedenen Fragen die die Mitarbeiten an ihn richteten, reagierte er gereizt und er schimpfte mit seiner Sekretärin. Sie habe vergessen in seiner Agenda die Aussprache von heute Vormittag mit einem wichtigen Kunden einzuschreiben. Er gratulierte sich innerlich selbst zu dieser Reaktion und er hoffte, sich damit weitere Fragen vom Hals halten zu können. Er betrat sein Büro indem er der Dame am Empfang befahl: „Ich will in den nächsten zwei Stunden nicht gestört werden. Dann drückte er seine Bürotür ins Schloss und in den ruhigen vier Wänden fühlte er sich endlich ein wenig erleichtert."

Sofort stieg er ins Internet ein und suchte den nächsten Flug in die Karibik. Er war sich eigentlich sicher, dass Anita ihn nicht begleiten würde. Diese liess er in der Annahme, er trete seine neue Stelle in Dubai an. Soll ihn die Polizei doch in den Vereinigten Emiraten suchen. Er wünschte ihnen viel Vergnügen dabei. Niemand kannte eine Adresse oder eine Telefonnummer der Bank die ihm tatsächlich einen Job angeboten hatte. Er jedoch vernichtete sämtliche Akten die ihn in irgend einen Zusammenhang mit dieser arabischen Bank bringen könnte und auch mit allem weiteren Material das die Polizei auf irgend welche Spuren hätte führen können, fütterte er den Reisswolf.

Er suchte verschiedene Destinationen und entschied sich schliesslich, auf die Bahamas zu fliegen. Bei American Airlines wurde er fündig und es waren auch noch einige Plätze frei. Sofort buchte er den Abflug. Noch heute würde er die Maschine besteigen welche ihn um 19:45 Uhr via Miami auf die Bahamas bringen sollte. Wenn es erst mal soweit war, dann konnten ihm die ganze Schweiz und die Unger Bank gestohlen bleiben. Zuvor aber wollte er noch genügend Geld abheben damit er die Zukunft in ein neues Leben ohne Geldsorgen beginnen konnte. Für was war er schliesslich Kreditchef?

*

Anita Moser machte sich grosse Sorgen um ihren geliebten Stefan. Was war nur in ihn gefahren? Er hatte sich total verändert. Noch gestern war er ihr völlig vertraut und heute schien er ihr absolut fremd. Seine Art wie er sich benommen hatte bei seinem kurzen Besuch in der Wohnung. Sie konnte sich keinen Reim darauf machen. Immer höher stieg in ihr die Überzeugung, dass Stefan etwas mit dem Tod ihres Mannes zu tun hatte. Kurz zuvor war Ueli hinter ihre Affäre gekommen. Der kleine Denis glich seinem Vater je länger je mehr und das verflixte Muttermal an seinem Hals wies ihn definitiv als Kind von Stefan aus. Hatte Ueli es ebenfalls gemerkt und Stefan zur Rede gestellt? Kam es deswegen zum Streit und Stefan hat ihren Mann umgebracht? Wer weiss. Je länger sie sich darüber Gedanken machte, umso grösser wurde die Überzeugung, dass Stefan der Mörder ihres Mannes war. Nun war sie völlig hin und her gerissen. Sollte sie ihm trotzdem vertrauen und mit ihm die Schweiz verlassen? War es klug so zu fliehen oder machten sie sich erst recht verdächtig? Sie wusste aus verschiedensten Quellen, dass ein Mörder, wenn nötig, weltweit gesucht wurde und immer auf der Flucht leben, das wollte sie nicht.

Die moderne Wanduhr im Wohnzimmer zeigte knapp nach 16:30 Uhr, als das Telefon schrillte.

„Hallo Schatz, hier ist Stef!" meldete sich der Anrufer. Stell Dir vor, wir haben Glück. Ich habe eine Maschine gefunden und wir können die Schweiz noch heute verlassen" sprach er sehr hastig in die Muschel. „Wir fliegen mit den Emirates um 21:45 Uhr nach Dubai", log er sie an. „Um ca. 18:00 Uhr solltest Du am Check-

In 2, des Flughafens sein. Ich werde Dich dort erwarten".

„Stef, ich kann das nicht". War ihre klare Antwort. „Ich will zuerst wissen was geschehen ist und wovor Du wegläufst. Sonst begleite ich Dich nicht". Sie sagte diese Sätze so bestimmt, dass der Anrufer merken musste, dass es ihr voller Ernst war.

„Du hast noch wenige Minuten zum Überlegen. Wenn ich nichts mehr von Dir höre, und Du bis 18:10 Uhr nicht am Check-In bist, muss ich davon ausgehen, dass Du nicht mit mir kommst so leid es mir tut. Wenn Du mir aber vertraust, dann erzähle ich Dir später alles. Mach jetzt bitte keinen Fehler". Mit diesen Worten beendete er das Gespräch. Sie wollte noch hinzufügen: „Du auch nicht" doch da war die Leitung bereits unterbrochen. Sie legte den Hörer auf und blieb eine ganze Weile wie angewurzelt stehen. Die weinende Stimme ihres Sohnes holte sie in die Wirklichkeit zurück. Der Junge hatte Hunger und sie nahm ihn an sich und bereitete ihm eine kleine Mahlzeit.

Ihre Gedanken waren irgendwo und sie konnte sie nicht sammeln. Zum ersten Mal in ihrem Leben war sie wirklich hilflos. Bis jetzt hatte sie immer jemanden zur Hand den sie in schwierigen Situationen um Rat fragen konnte. Diesmal war sie ganz auf sich alleine gestellt.

Mit zittriger Hand griff Anita Moser mehrmals zum Telefon, nahm den Hörer zur Hand und legte ihn wenige Augenblicke später wieder an seinen Platz zurück.

*

Nachdem Stefan Hunold den Flug auf die Bahamas definitiv gebucht hatte, loggte er sich in den Rechner der Bank Unger ein. Er schaute sich die Konten mehrerer guter Kunden an und teilte ihnen Kredite in sechsstelligen Beträgen zu. Das Geld nahm er in deren Namen in Empfang und gelangte so zu einem Vermögen von einigen Millionen. Bis der Schwindel auffliegen würde, wähnte er sich schon längst in der Karibik oder vielleicht verschlug es ihn von dort noch weiter weg, wer weiss. Vorerst würde er es sich jedenfalls auf den Bahamas gemütlich machen, das war seine Absicht. Seine eigenen Ersparnisse hob er ebenfalls bis auf wenige Franken ab. Er war sich sicher, dass Anita Moser nicht kommen würde. Er rief sich mit Geld gefüllten Taschen ein Taxi und liess sich zum Flughafen chauffieren. Kleider nahm er keine mit, die würde er sich vor Ort neu kaufen. Am

Flughafen angekommen, erwarb er sich noch
die nötigsten Reise- und Toilettenartikel und
dann begab er sich durch den Zoll. Noch war
er viel zu früh. Sein Flugzeug startete erst in
rund drei Stunden. Hinter dem Zoll, sozusagen
im Niemandsland, fühlte er sich schon
sichtlich wohler. Jetzt erst merkte er den
Stress der auf ihm gelastet hatte seit der
Befragung durch diesen Buck. Noch war nicht
alles ausgestanden, doch wenn er erst einmal
im Flugzeug sitzen würde, dann....

*

Ich sass mit Alain in unserem gemeinsamen
Büro, obwohl wir beide eigentlich schon lange
Feierabend hätten. Vor kurzem hatten wir von
der Spurensicherung erfahren, dass ganz
winzige Mikrospuren an der Jacke von Stefan
Hunold gesichert werden konnten, welche mit
dem Stoff der Jacke vom Mordopfer
vergleichbar waren. Zudem konnten
abgewaschene Blutspritzer wieder sichtbar
gemacht werden. Ob diese allerdings
ausreichen würden um ein DNA Profil zu
erstellen, war mehr als fraglich. Das wäre
natürlich das Grösste. Wenn sich tatsächlich
Blutspritzer an der Jacke befanden, welche
dem Opfer zugeordnet werden konnten, dann

kann ich mir keine glaubwürdige Ausrede mehr vorstellen. Wir waren noch mit diesen Theorien beschäftigt, als das Telefon auf meinem Schreibtisch ertönte. Ich nahm ab und meldete mich: „Buck, Mordkommission, was kann ich für Sie tun"? Eine ganze Weile hörte ich nichts am andern Ende. Trotzdem bestand die Verbindung. Irgendwie hörte ich jemanden atmen. „Hallo, sprechen Sie" sagte ich aufmunternd.

Ganz leise kam dann die Stimme: „Hier ist Moser, Frau Moser. Ich bin die Witwe von Ueli Moser". Die Stimme klang so leise und unsicher, dass ich sie kaum verstehen konnte. „Grüss Gott Frau Moser, kann ich ihnen irgendwie helfen, was bedrückt sie"?

„Ich... äh... wie soll ich sagen..... ich glaube.... äh... Herr Hunold hat meinen Mann..... umgebracht." Jetzt begann sie zu schluchzen.

Ich liess sie eine Weile in Ruhe, dann fragte ich sie wie sie darauf komme etc. Je länger das Gespräch dauerte, umso sicherer wurde sie mit ihren Aussagen. Sie erzählte mir alles und auch, dass Stefan Hunold auf dem Weg sei, die Schweiz Richtung Dubai zu verlassen. Ich bat sie, morgen in mein Büro zu kommen, damit wir die Sache zu Papier bringen könnten. Offensichtlich erleichtert verabschiedete sie sich von mir. Ohne den Telefonhörer aufzulegen, wählte ich die Nummer der Flughafenpolizei. Diese sollten so schnell wie möglich bei allen Fluggesellschaften abklären, ob ein Mann namens Stefan Hunold auf einer Passagierliste gemeldet war.

Ich sass wie auf Nadeln und konnte kaum erwarten, bis ich den Rückruf der Flughafenpolizei bekam. Nach unendlich scheinenden ca. fünfzig Minuten, rief mich der Leiter der Flughafenpolizei an und bestätigte mir die Buchung von Stefan Hunold auf der AA Maschine in Richtung Miami. Von wegen Dubai! Der Start sei für 19:45 Uhr vorgesehen und die Passagiere seien bereits am Einsteigen. „Dann holt ihn bitte sofort da raus"! Befahl ich „und lasst ihn auf unsere Dienststelle bringen". Nun begab ich mich ein weiteres Mal zu meinem Chef und klärte ihn über den neusten Stand der Ermittlungen auf. Er sah ein, dass äusserste Dringlichkeit vorlag und hiess meine Anordnungen gut. Den Staatsanwalt hielten wir noch aus der Sache raus, denn der würde die Ermittlungen nur noch erschweren mit seinem starrköpfigen Verhalten.

*

Ganz ungeduldig sass Stefan Hunold auf einem der Sitze im Aufenthaltsraum beim Gate 48, wo sein Flugzeug wartete. Die Zeit schien ihm unendlich langsam voran zu schreiten. Er wollte endlich Ruhe haben. Er wollte dieses Land so schnell wie möglich verlassen. Anita und seinen Sohn wollte er vergessen und alle Verbindungen abbrechen. Deswegen hatte er sich am Flughafen extra noch einen neuen Telefonchip für sein Handy gekauft. Es war ihm gelungen, den Chip unter einem falschen Namen zu kaufen, sodass ihn niemand auffinden konnte. Den alten zerbrach er und warf ihn weg. Nun sollte ihn niemand mehr finden. Keine Adresse, keine Telefonnummer, nichts mehr was ihn an sein altes Leben erinnerte. Endlich würde er ganz von vorne anfangen können.

Es war für ihn wie das Tor zum Paradies, als die Ground Hostesse die Kordel zum Fingerdock aushängte und mit netter Stimme durch den Lautsprecher die Passagiere zum Einsteigen aufrief. Als einer der ersten stand er einstiegsbereit bei der Tickettkontrolle. „Reihe 21, Sitz B" stand auf seinem Boarding Pass. Er bestieg das Flugzeug und mit jeder Minute fühlte er sich wohler. Der Rumpf der grossen Boeing füllte sich allmählich. Auf dem Sitz rechts von ihm sass eine hübsche Dame, der Sprache und der Erscheinung nach, offensichtlich Amerikanerin. Der Sitz links neben ihm war zurzeit noch frei. Noch waren nicht alle Passagiere an Bord und er konnte noch hoffen, dass sich niemand neben ihn setzen würde, was den Reisekomfort bedeutend erhöhen würde. Nun erschien ein Mann an Bord mit erstaunlichen Ausmassen. Stefan Hunold schätzte ihn so um die vierzig Jahre alt. Das Alter spielte allerdings keine Rolle. Sein Ausmass jedoch schon. Der Mann musste sich leicht bücken um nicht am Dach des Flugzeuges zu streifen. Er war aber nicht nur sehr gross, er war vor allem auch noch extrem fettleibig. Auf mindestens 150 bis 170 kg schätzte er sein Gewicht. Der Mann hielt seine Bordkarte in der Hand und suchte die richtige Reihe. Tatsächlich, es kam wie es kommen musste. Der Mann trat neben ihn hin und setzte sich auf den noch freien Platz. Unwillkürlich wurde Stefan Hunold zur Seite gedrängt. Er konnte sich kaum noch bewegen und wurde von dem enormen Gewicht gegen die Flanke der zierlichen Frau neben ihm gedrückt. Diese gab ihm mit einer Grimasse zu verstehen, was sie davon hielt. Sollte er jetzt tatsächlich die nächsten neun Stunden wie eine Sardine in einer Büchse eingeklemmt bleiben? Die Freude, die ihn vorher noch im Griff hatte, verliess ihn unverzüglich. Nein, das würde er sich nicht antun. Er würde die nächstbeste Hostess bitten, ihn an einen andern, freien Platz zu setzen, sollte denn ein solcher vorhanden sein. Es war eine Zumutung, eine solche Gestalt wie dieses Elefantenbaby in der Economy Klasse reisen zu lassen. Schon fragte er sich, weshalb er nur gespart hatte mit dem Ticket. Er hatte ja genügend Geld dabei um sich eine Business- oder gar einen First-class Sitz zu buchen. Nie mehr, das schwor er sich, würde er in dieser Holzklasse eine solch lange Reise antreten.

Inzwischen schienen alle Passagiere an Bord zu sein und es sollte endlich losgehen. Warum nur stand der Vogel noch immer am Boden? Stefan Hunold konnte es kaum erwarten, bis er in der Luft war.

„Aha, deshalb sind wir noch nicht gestartet" dachte Stefan. Da kommen noch zwei Nachzügler. Zwei Herren, sportlich aussehend, so um die dreissig kamen von vorn durch die Kabine. Höhe Reihe 21 blieben sie stehen und fragten ihn: „Sind Sie Stefan Hunold"? Zuerst wollte er nein sagen, doch sah er ein, dass Lügen in dieser Situation wohl keinen Sinn machte. „Wer will das wissen"? Fragte er keck. Doch, noch bevor sich die beiden auswiesen wusste er, dass es sich um Polizisten in Zivil handelte. Die beiden baten ihn auszusteigen, wobei einer vor und einer hinter ihm ging, beim Verlassen des Flugzeuges. Noch im Fingerdock klickten die Handschellen. Einer der beiden Polizisten trug sein Handgepäck, bzw. seinen Aktenkoffer. „Hoffentlich schauen die beiden da nicht rein", dachte er sich, obwohl er eigentlich sicher war, dass dies nur ein Wunschtraum bleiben würde, genauso wie sein Traum von einem neuen Leben, irgendwo in der Karibik.

*

Die erfolgreiche Verhaftung von Stefan Hunold wurde mir unverzüglich mitgeteilt. Ich bat die Flughafenpolizei, mir den Verhafteten nach den nötigen Formalitäten, unverzüglich zuzuführen. Ich wollte es mir nicht entgehen lassen, sein Gesicht zu sehen, wenn er am selben Tag, wenige Stunden nach seiner Entlassung, wieder vor mir auf dem Stuhl sitzen würde. Diesmal war ich mir sicher, dass er für eine längere Zeit unser Gastrecht in Anspruch nehmen würde.

Kurz vor 23:00 Uhr klopfte es an meiner Bürotüre und zwei Flughafenpolizisten brachten mir den Verhafteten. Nachdem die beiden seine Handfesseln gelöst hatten, bat ich Stefan Hunold, auf dem Stuhl Platz zu nehmen, der ja noch beinahe warm war von ihm. Seine beiden Begleiter stellten einen Aktenkoffer in mein Büro mit der Bemerkung: „Hier ist noch sein Handgepäck. Es lohnt sich, einen Blick hinein zu werfen." Mit diesen Worten verabschiedeten sich die beiden.

„So sieht man sich wieder" begann ich die Unterhaltung. Alain, der ebenfalls im Büro geblieben war, schaute mich mit einem schelmischen Augenzwinkern an. Er hatte sich zur Verfügung gestellt, das Befragungsprotokoll zu schreiben, damit ich unabhängig von den Tücken der EDV, meine Fragen stellen konnte.

Noch immer sprach Stefan Hunold kein Wort. Er schaute mich fragend und ängstlich an. Sein zorniger Blick vom Vormittag, war einem eher traurigen und hilfesuchenden Blick gewichen. Auch ich redete vorerst gar nichts. Ich schaltete mein DVD Abspielgerät ein und liess den Film laufen, der Stefan Hunold am Seeufer zeigte. Als er sich selbst darin erkannte, sank sein Kopf auf die Tischplatte und er verbarg das Geicht in seinen Armen. Ein Zittern ging durch seinen Körper und so musste ich annehmen, dass er von Weinkrämpfen geschüttelt wurde.

Nachdem Stefan Hunold nicht mehr auf den Bildschirm schaute, stellte ich den Film ab und liess ihn zuerst einmal seinen Gedanken nachhängen. Es herrschte eine erdrückende Stille in den kleinen vier Wänden. Irgendwann musste ich das Schweigen brechen und ich redete ihm väterlich zu. Nach längeren Versuchen etwas zu sagen, stotterte er mehr als er redete: „Ich.... ich weiss..... Ich habe Scheisse gebaut..... Ich wollte doch dass alles gut wird... äh... Ich wollte ihn nicht umbringen. Er war mir im Wege.... ich liebte seine Frau. .....Mein Kind konnte ich nicht sehen..... Ich bin nicht mehr ich....."

Es dauerte zwei volle Stunden bis Stefan Hunold soweit war, dass er einigermassen zusammenhängende Sätze formulieren konnte. Schliesslich gab er alles zu. Er wollte um jeden Preis den Posten des Kreditchefs, doch stand ihm Ueli Moser dabei im Wege. Zudem hatte er ein Verhältnis und ein gemeinsames Kind mit dessen Frau. Er war bereit, mit den beiden ein neues Leben zu beginnen. Nachdem Ueli Moser durch Reto Halder zusammengeschlagen und mit dem Tod bedroht worden war und dies alle andern Angestellten mitbekommen hatten, schien ihm der Zeitpunkt gekommen. Niemand würde ihn verdächtigen nach diesem Vorfall in der Bank. Als er sich schliesslich in die Enge getrieben fühlte, seien ihm die Sicherungen total durchgebrannt und er habe sich noch am fremden Geld vergriffen, um seine Zukunft zu finanzieren. Seine Aussagen waren immer wieder von tiefem Schluchzen unterbrochen. Er konnte einem schon fast leid tun, so zusammengesackt wie er auf seinem Stuhl sass. Nichts war mehr übrig geblieben von seinem überheblichen Auftreten noch vor wenigen Stunden. Er war nur noch ein Häufchen Elend.

*

So fand denn ein gewöhnliches Tötungsdelikt mit ungewöhnlichen Behinderungen einen guten Abschluss.
Stefan Hunold trat auf eigenen Wunsch zum vorzeitigen Strafantritt an. Seine Illusion von einem anderen, besseren Leben irgendwo in der Karibik hat sich in Luft aufgelöst und seine Karriere als Banker dürfte er ebenfalls vergessen. Er wartet zurzeit auf seine Verurteilung.

Im Aktenkoffer befanden sich total 3,6 Millionen Franken in verschiedenen Währungen. Das Geld konnte vollumfänglich der Bank zurückgegeben werden.

Henri Schmutz wurde sofort aus der Untersuchungshaft entlassen und er erhielt sogar noch eine kleine Entschädigung für seine unverschuldete Festnahme.

Ich schob erst einmal einige Ruhetage ein und holte so die vielen Überstunden nach, die ich zuvor geleistet hatte. Nächste Woche werden wieder neue Ermittlungen und ein neuer Fall anstehen. Die Gefahr, arbeitslos zu werden scheint in diesem Beruf ziemlich unrealistisch.

ENDE

Zum Autor

Peter J. Hoff ist im Zürcher Oberland aufgewachsen. Nach seiner Schulzeit zog es ihn schon in sehr jungen Jahren ins Ausland, wo er sich im Gastgewerbe ausbilden liess.

Nach 10 Auslandjahren kehrte er in die Schweiz zurück und wenige Jahre später absolvierte er die Polizeischule. Nach der obligaten Zeit als Streifenwagenfahrer, zog es ihn zur Kriminalpolizei. Dort arbeitete er sich durch verschiedene Stufen bis zur Fachgruppe Leib und Leben, welche sich getreu dem Namen, mit Tötungen und anderen schweren Gewaltdelikten, befasst. Dieser Fachgruppe blieb er 15 Jahre, bis zu seiner Pensionierung treu.

Nun, im Ruhestand hat er begonnen, eine Kriminalroman Serie unter dem Titel:

„Zürich, im Licht der Dunkelheit"

zu schreiben. Viel Spass beim Lesen.

Gönnen Sie sich auch Band 1

Das andere Gesicht
von Peter J. Hoff

aus der Serie
Zürich, im Licht der Dunkelheit

*****

Demnächst erscheint auch Band Nr. 3
mit dem Titel

Vergessen? Nie!